夏目漱石
短篇小説集
なつめ そうせき
EX-LIBRIS
©DEE TEN PUBLISHING CO.

夏目漱石短篇小說集

夏目漱石／著

笛藤出版

目次

夢十夜

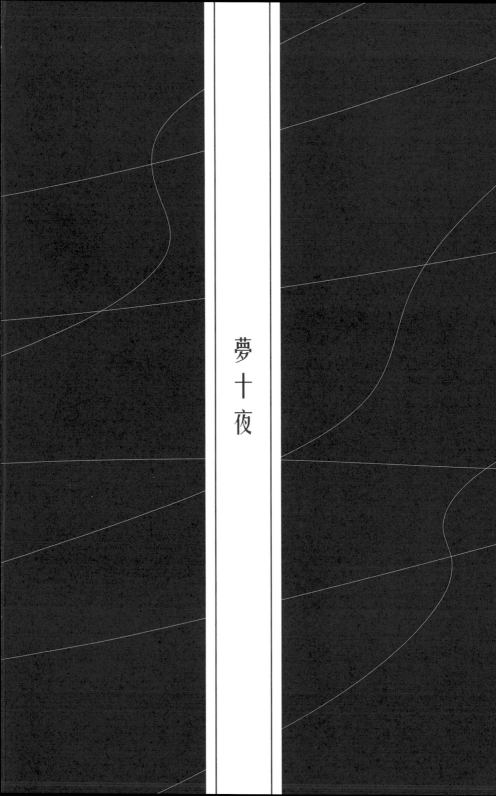

那股悲苦的情緒從我肌肉下方往上竄出，急於從毛孔往外散去……但所有出口都被堵住，形成一種殘酷至極的狀態。

第一夜

我做了這樣的一個夢。

我雙手交叉胸前，坐在女子枕邊。仰躺的女子低語：「我就快要死了。」她有張線條柔美的瓜子臉，長髮披在枕上。她雪白的臉頰上透著淡淡血色，雙唇的顏色也紅潤，看起來一點也不像快死去的模樣。但女子卻斬釘截鐵地說：「我就快要死了。」我不禁心想，她或許真的會死吧！於是我低下頭問她：「是嗎？妳快要死了？」女子睜大雙眸回應我：「當然。」

她水汪汪眼眸上的細長睫毛裹著一片漆黑，我看見自己的身影鮮明地浮現在那雙黑亮眼眸的深處。

我望著那雙清澈且富光澤的眼睛暗忖，她真的會死嗎？我把臉湊近她的枕邊，對她說：「妳不會死吧？應該不會有事吧？」女子睜著睏倦的雙眼，依然以一貫溫柔的語調輕聲地說：「我還是會死，沒辦法。」

「那，妳看得見我的臉嗎？」我問。

「看，在那，你的臉不就映在那兒？」她露出一個微笑。

我靜靜地將臉從她枕邊移開，雙手再次交叉胸前。心想，她真的無論如何都要死嗎？

過了一會兒，女子說：「我死了之後，請把我埋起來。請你用珍珠貝幫我挖掘墳墓，用星星的碎片作為我的墓碑。接著請你在墓旁守候，我會再回來見你。」

我問：「妳什麼時候會回來？」

「太陽會升起也會落下，然後又會再度升起，再度落下。我就在紅日不斷東升西落的過程中，你願意為我守候嗎？」

我靜靜頷首。

女子音調提高，很肯定地說：「請你等待一百年。請你坐在我的墳墓邊，等待一百年。我一定會來見你的。」

我只說了：「我會等妳。」

接著，我映在黑色眼眸裡的身影瞬間潰散，彷彿靜止的水突然開始流動，模糊了水中的倒影。女子倏地閉上雙眼，淚珠從她長長的睫毛底下滑落到臉頰。——她已經死了。

我來到庭院，開始用珍珠貝挖洞。珍珠貝是具有銳利邊緣的大型貝殼。每當我挖起一抔土，貝殼內部就會因月光而散發出耀眼光芒，同時也嗅到溼潤的土壤味。不久我就挖好了墓穴，並把女子放進墓穴裡，將柔軟的土壤輕輕覆蓋在她身上。每填上一抔土，貝殼就反射出美麗的月光。

接著我撿來掉落的星星碎片，輕輕將它放在地上。星星的碎片是圓形的，我想這也許是因為它從天而降，經歷了一段漫長的時間才到地面，所以稜角都被磨平了。當我抱起它並放到地上時，我感到自己的胸口與手都變得溫暖。

我在青苔上坐下，望著圓圓的墓碑，雙手交叉胸前，心想著接下來我就要這樣等待一百年。

不知不覺中，太陽就如同女子所言，從東邊升起。那是一顆巨大的火紅太陽，接著又如女子所言，從西邊落下。西沉時也依然是火紅色。

第一個，我數著。

過了一段時間，深紅色的太陽再度爬上天空，然後又默默西下。

第二個，我繼續數著。

就這樣，我一個、兩個地計算下去，最後我根本數不清自己究竟看到多少個紅色的太陽。因為無論我再怎麼數，紅紅的太陽依然不斷從我頭上越過。即便如此，一百年仍沒到來。我望著長滿青苔的圓石，頓時覺得，我該不會被她騙了吧？

就在此時，一條綠莖從墓石下方斜斜地往我的方向延伸。不知不覺間，它已來到我的胸前並停了下來。莖微微搖晃，末端長著一朵彷彿有生命、側著頭緩緩綻放的蓓蕾，純白色的百合在我鼻前散發出濃烈芳香。忽然一滴露水從遙遠的上空滴落，花朵也隨之搖曳。我伸長脖子，親吻了一下滴著冰涼露水的白色花瓣。就在我將臉移開百合的瞬間，我不經意地望向遠方天際，看見一顆星星閃爍在拂曉時分的天空。

此刻我才發覺：「原來一百年早已到了。」

第二夜

我做了這樣的一個夢。

我離開住持的房間，沿著走廊回到自己的房間。房裡的丸行燈[1]正發出朦朧光線。我單膝跪在坐墊上，將燈芯挑起時，如花般的丁香掉落在漆成紅色的桌面上，房間也頓時變得明亮。

格子拉門上的畫出自蕪村[2]之手。黑色柳樹深淺不一卻遠近分明，走在堤防上的漁夫斜戴著斗笠，彷彿不敵酷寒侵襲。壁龕上掛著海中文殊[3]的掛軸。線香早已燃盡，但香味仍瀰漫在房裡的黑暗角落。由於寺廟占地廣大，因此四周寂靜無聲，不見一絲人煙。丸行燈的影子照映在陰暗的天花板上，抬頭一望看起來彷彿活過來似地。

我維持單腳跪地的姿勢，用左手掀起坐墊，再用右手伸入一探，幸好東西還在。我鬆了一口氣，把坐墊恢復原狀重重坐下。

住持說：「你是武士。既是武士，不可能無法開悟。看你花了這麼長的時間都沒開悟，我想你大概不是武士，只是人渣。」

「哈哈，您生氣了？」我笑著回答。

「要是你覺得不甘心，就拿出證據證明你已經開悟了。」住持忿忿地說，語畢便轉過頭。他還真是可惡！

我一定要在隔壁廳房壁龕裡的時鐘再次敲響前開悟！不但要開悟，還要再次進入住持的房間，取下他的人頭當作報償。若是沒開悟，我就無法取走住持的性命，所以我非得開悟不可，因為我是武士！

假使無法開悟的話我就自盡。因為身為一名武士，受到屈辱豈可苟活？我要死得高潔！

當我如此思考的同時，手又不自覺地伸進坐墊下，抽出那把收在紅色刀鞘裡的短刀。我握住刀柄，扔掉紅色刀鞘。冰冷的刀刃在陰暗房裡發出一道光芒，宛如某種駭人的東西

1 為一種手提燈籠。
2 與謝蕪村，江戶時代的俳句作家、畫家。
3 佛教圖畫，內容為文殊菩薩騎在獅子上，帶著隨從乘雲渡海。

正從我手中溜走，然後再集中於刀鋒，將殺氣凝聚在一點。我望著這把凝縮成針頭狀、尖端被磨利的二十九公分刀刃，心中忽然湧起一陣殺意。我全身血液都流向右手手腕，手中緊握的刀柄變得溼黏，嘴唇則在發顫。

我將短刀收進刀鞘擱在右邊，然後結跏趺坐。

——趙州曰「無」[4]。何謂「無」？

我咬牙切齒地咒罵了一聲：「臭和尚。」

我咬緊牙關，鼻息變得急切而躁熱。我的太陽穴抽痛，眼睛也瞪得比平常還大。

我看得見掛軸，看得見丸行燈，看得見榻榻米，更看得見住持的光頭，我甚至聽得見他那張血盆大口發出的嘲笑聲。這可惡的臭和尚！我一定要取下他的項上人頭。我要開悟，我在口中喃喃唸著「無」、「無」。可是明明都已在唸「無」，我還是聞得到線香的味道。搞什麼嘛……不過是根線香……。

我迅速握緊拳頭，重重地往頭上捶了一拳，同時把臼齒咬得喀喀作響。我的腋下冒汗，背脊僵硬，膝蓋突然痛得彷彿斷裂似的。但是我真的好痛、好難忍受，「無」卻說什麼也不肯出現。當我以為已進入「無」的境界時，卻立刻被痛楚拉回。我好生氣、好懊惱、好不甘心，眼淚也不禁潸潸滑落。我甚至想乾脆一頭撞向巨石，讓自己粉身碎骨。

即使如此我還是強忍住痛苦，靜靜坐著。我將悲苦難耐的心情埋藏在胸中，極力忍耐著。那股悲苦的情緒從我肌肉下方往上竄出，急於從毛孔往外散去……但所有出口都被堵住，形成一種殘酷至極的狀態。

不知不覺間，我有了異樣的感覺。丸行燈、蕪村的畫、榻榻米、棚架等，看起來全都若有似無、若無似有。不過我依然沒有體悟到「無」。看來這段時間，我只是無意義地坐在那裡罷了。

忽然，隔壁廳房傳來鐘聲。

我猛然回神，右手立刻握住短刀。此時耳邊又響起第二聲鐘聲。

4 出自《無門關》第一則〈趙州狗子〉。

第三夜

我做了這樣的一個夢。

我背著一個六歲小孩，那是我的親生孩子。但令人驚訝的是，他的眼睛不知何時竟瞎了，而且還變成乳臭未乾的小鬼。我問他：「你的眼睛是何時瞎的？」

他回答：「從很久以前就是這樣。」那聲音雖然是小朋友的聲音，但用字遣詞卻活像個大人，態度也宛如是我的平輩。

我們走在一條羊腸小徑，左右兩側是綠油油的稻田。偶爾會有白鷺鷥的影子劃過漆黑的天空。

「現在走到田裡了吧？」背後傳來他的聲音。

「你怎麼知道？」我轉過頭問他。

「不是有白鷺鷥在叫嗎？」語畢白鷺鷥果真叫了兩聲。

他雖是我的孩子，我卻不禁心生畏懼。揹著他，真不知道接下來會發生什麼事。我四處張望，想找個可以把他丟棄的地方。就在此時，我看見黑暗中有片森林。正當我心中浮現「那裡或許是個適合的地方」的瞬間，背後傳來一聲：

「呵呵！」

「你在笑什麼？」

孩子沒有回答，只是問：「爸爸，重不重？」

「不重。」

「等一下就會變重了。」他說。

我默默朝森林前進，田間小路卻不規則地曲折蜿蜒，怎麼也走不出去。沒多久，前方出現了一條岔路。我在岔路前停下腳步，稍作休息。

「這裡應該有塊石碑吧？」我背上的小鬼頭說。

路旁果然立著一塊高度及腰的八吋角石，上面寫著「左往日窪，右往堀田原」。雖然四周一片漆黑，但石碑上的鮮紅字體卻清晰可見，那紅字就好似蠑螈的腹部。

「走左邊吧！」小鬼頭命令。我往左一看，只見剛才那片森林的黑影從高空籠罩著大地，我有點躊躇。

「不用多想了。」小鬼頭再度開口。無計可施的我只好邁步往森林走去。

我一邊想著，他明明失明卻什麼都知道，一邊沿著小路走向森林。

此時背後傳來一句：「眼睛看不見好不方便啊，真討厭。」

「反正有我揹你不就好了？」

「雖然讓你揹我真是不好意思，但被瞧不起還是不行啊，就連父母也瞧不起我，真討厭。」

我心中突然湧起一陣厭惡，想趕快把他帶進森林丟掉，因此加快了腳步。

「再往前走你就知道了。那天剛好也是這樣的夜晚呢！」小鬼頭在我背後自言自語地說。

「什麼？」我沒好氣地問。

「還問什麼？你明明心裡有數。」孩子語帶嘲諷地說。

忽然間我彷彿想起了什麼，卻又覺得模糊，只記得那天確實是像這樣的夜晚。我想著再繼續走下去應該就能明白，但同時又有種感覺告訴我，等一切真相大白就糟了！所以我必須趁還不知道的時候就丟掉他，如此才能安心。於是我又加快腳步。

雨已經下了好一陣子，小路更加昏暗。我一心一意地往前走，背後揹著一個小鬼頭。他就像一面發亮的鏡子，能將我的過去、現在與未來，鉅細靡遺地照出來。而且他還是我的孩子，更是個瞎子。我愈想愈覺得不能忍受。

「到了到了，就在那棵杉樹下。」

小鬼頭的聲音在雨中清晰傳來，我不自覺地停下腳步。原來在不知不覺中，我們已經走進森林。不遠的前方有個黑影，看起來似乎就是他所說的杉樹。

「爸爸，就在那棵杉樹底下對不對？」

「嗯，沒錯。」我想也沒想便如此回答。

「當時是文化五年，也就是辰年，對吧？」

確實是文化五年，辰年，我心想。

「從你殺了我到現在，剛好滿一百年了。」

聽見這句話的當下，我腦中忽然浮現一百年前，也就是文化五年某個像今晚這麼暗的夜，我在這棵杉樹下殺了一個盲人的記憶。就在我發現自己原來是殺人犯時，背上的小孩立刻變得有如地藏石像般沉重。

第四夜

寬敞的空地中央有張乘涼用的長凳，四周排著幾張小摺疊椅。黑色長凳散發出光澤，一位老爺爺獨自坐在角落的四角餐桌前飲酒，下酒菜似乎是一些滷味。

老爺爺喝得滿臉通紅。他的皮膚光滑，臉上找不到一條皺紋，灰白的鬍鬚卻透露出他是老人的事實。我雖是小孩，卻對老爺爺的年紀感到好奇。此時一個大嬸正好從屋後的竹水管提水回來，她用圍裙擦了擦手問老爺爺：

「老爺爺您幾歲啦？」

老爺爺吞下滿口的菜餚，輕描淡寫地說：「我不記得了。」

大嬸把擦乾的手插在細腰帶中，在一旁端詳老爺爺。老爺爺用一個像飯碗般大的容器盛酒，然後一口喝光，接著從長長的灰白鬍鬚中深深吐了一口氣。

大嬸又問：「老爺爺您住在哪裡？」

老爺爺暫時停止吐氣說：「我住在肚臍裡。」

大嬸依然將手插在腰帶中，她繼續問：「那您要去哪裡呢？」

老爺爺又捧起如飯碗般大的容器，一口喝下溫熱的酒，像剛才那樣吐了一口氣說「我要去那裡。」

「直走嗎？」當大嬸這麼問時，老爺爺呼出的氣已穿過拉門，鑽過柳樹下，筆直地朝河灘飛去。

老爺爺走到外面，我跟隨在後。他的腰際上吊著一個小葫蘆，肩上掛著一個四方盒垂在腋下。他穿著淺黃色的緊身褲與淺黃色的無袖背心，只有襪子是黃色的，襪子看起來好像是皮製的。

老爺爺直直走到柳樹下。樹下有三、四個小孩，他面帶微笑地從腰間取出一條淺黃色手帕，然後把手帕捲成長條狀，並置於地面。接著在手帕周圍畫了一個大圓圈，最後從掛在肩上的盒子裡拿出一支賣糖人吹的那種黃銅製笛子。

「這條手帕會變成一條蛇，你們要仔細看！仔細看喔！」老爺爺反覆地說。

孩子們專心地盯著手帕，我也聚精會神地看著。

「看仔細！看仔細囉！準備好了嗎？」老爺爺邊說邊吹起笛子，同時開始沿著地上的圓繞圈。我目不轉睛地望著手帕，手帕卻一動也不動。

老爺爺手中的笛子發出嗶嗶聲，他刻意避開手帕，踮起腳尖，小心翼翼且不斷地繞圈。看起來恐怖卻又有趣。

突然間，老爺爺停下笛聲。

他打開掛在肩上的盒子，再用指尖捏起手帕的一端，將之扔進盒子裡。

「這樣一來，手帕會在盒子裡變成蛇。等一下給你們看。等一下再給你們看！」老爺爺邊說邊往正前方走去。他穿過柳樹下，直直地走向下方的小路。由於我很想看蛇，便一直跟著他。老爺爺一會兒說：「等一下就要變了！」一會兒又說：「要變成蛇了！」一邊一直往前走。最後他唱著：

「就在此刻，變化為蛇；必會改變，笛聲將現。」

他已走到河邊，這裡沒有橋也沒有船，我以為他打算在此休息片刻，讓我看他盒子裡的蛇，沒想到老爺爺竟然走進河裡。起初水深只有及膝，但漸漸地連他的腰、胸口，全都浸在河水裡了。即使如此老爺爺依然繼續唱著：

「漸漸變深，夜也將沉，變得筆直。」

唱著的同時仍筆直地往前走，最後連他的鬍子、臉、頭和頭巾都沉入水中不見了。

我以為等老爺爺上岸後，應該就會讓我看盒裡的蛇了，因此我站在對岸蘆葦沙沙作響的地方，獨自等待著。然而老爺爺始終沒有上岸。

第五夜

我做了這樣的一個夢。

那是好久好久以前，大概是神話時代[5]吧！那時的我是個士兵，然而我方不幸敗北，

5 由神明統治世界的時代，即日本神話中神武天皇之前的時代。

我被生擒到敵方將軍面前。

當時的人個個高頭大馬，而且都蓄著長鬚。他們繫著皮腰帶，腰帶上掛著棍棒般的長劍，而且似乎都直接將粗藤當作弓，既沒塗上黑漆也沒磨亮，總之看上去非常樸實。

敵方將軍坐在一個倒置的酒甕上，右手握著弓的中央，讓弓立在草地上。我看了他一眼，只見他鼻子上方那兩道又粗又濃的眉毛已經連成一條線。當然，這個時代沒有刮鬍刀之類的東西。

由於我是俘虜，沒位子可坐，只好在草地上盤腿而坐。我腳上穿著一雙大草鞋，這個時代的草鞋做很深，站起來時高到膝蓋。草鞋邊緣還刻意留下一串未編織的稻草作為裝飾，走路時會隨步伐晃動。

將軍藉著篝火盯著我，問我要死還是要活——這是當時的習慣，他們會大致詢問一下所有戰俘。若回答要活，就表示選擇投降；若回答要死，就表示寧死不屈。我只說了一句：「我要死。」將軍便拋開立在草地上的弓，順勢拔出掛在腰間的長劍。隨風搖曳的篝火將火舌伸向長劍，就在此時，我將右手張開成楓葉狀，舉至眼睛高度，將掌心朝向將軍——

這手勢表示「且慢」，於是將軍把長劍收回刀鞘。

即使是那個時代，也有愛情的存在。我說：「我想在死前與我的戀人再見一面。」將軍說：「那就等你到明天破曉雞啼時。」因此我必須在雞啼前，把我的戀人叫來此。若在雞啼的時候她還沒抵達，我就無法見她最後一面。

將軍坐了下來，凝視著篝火。我則將穿著大草鞋的雙腳交叉，坐在草地上，等候戀人的到來。黑夜漸漸深了。

偶爾會聽見篝火發出的迸裂聲，每當篝火迸裂，火舌便慌亂地往將軍的方向彈去，他那雙濃眉下的雙眼也因此閃閃發光。接著有人過來將樹枝丟入火中，不一會兒，篝火發出劈哩啪啦的聲響，那聲音英勇得彷彿能劃破夜的漆黑。

此時，他的戀人已將拴在屋後橡樹旁的白馬牽出來，輕撫三次馬兒的鬃毛後，便輕盈地跳上高高的馬背。那是一匹沒有馬鞍，也沒有馬蹬的裸馬。她用白嫩而修長的雙腳踢了一下馬兒的腹部，馬兒便開始狂奔。不知是誰把篝火添足，使得遠方的天邊有些微亮。在黑暗中，馬兒朝向亮光奔馳，鼻子呼出兩道如火柱般的氣息，但她依然不斷用她細長的雙腳踢著馬腹。馬兒持續飛奔，蹄聲響徹天際，她的秀髮隨風飄揚在黑暗中，然而她還是尚未抵達篝火處。

一片漆黑的路旁忽然傳來雞啼聲。她往後仰，拉緊手中的韁繩。馬兒的前蹄踏在堅硬的岩石上發出聲響。

耳邊再度傳來一聲雞啼。

她「啊」地一聲，鬆開拉緊的韁繩。馬兒雙膝一屈，與乘坐在牠背上的人一起衝向前方。前方的岩石下，是一片萬丈深淵。

馬蹄的痕跡至今仍留在岩石上，模仿雞啼聲的是天探女[6]。只要岩石上的馬蹄痕跡還沒消失，天探女就永遠是我的敵人。

第六夜

聽說運慶[7]正在護國寺的山門雕刻仁王像，於是我趁著散步時順便去看看。沒想到早在我抵達前，已有一大群人圍在那裡，七嘴八舌地發表評論。

山門前九、十公尺處有棵巨大的赤松，它的枝幹遮住山門的屋簷，直伸向遙遠的青空。翠綠的松樹與朱紅色大門相映成趣，美不勝收。這棵松樹的生長位置極佳，它斜斜地聳立在山門左側，一點也不礙眼，而且愈上面枝葉範圍愈廣，並突出屋頂，看來彷彿古意盎然的鎌倉時代。

然而在那裡圍觀的人們全與我一樣，同屬明治時代，而且大都是車伕，他們一定是因為等載客等得太無聊，所以才站在這裡。

「好大呀！」有人這麼說。

「這一定比雕刻一般的人像還辛苦吧！」另一人說。

「咦？原來是仁王啊！現在還有人雕刻仁王？原來如此。我還以為仁王像全是古時候刻的呢！」有個男子這麼說。

6 又名「天邪鬼」的惡鬼，擅長模仿。

7 鎌倉時代著名的佛像雕刻師。

「他看起來好厲害！自古以來，大家都說仁王是世上最強的人，因為他比日本武尊[8]還強！」一位把衣服下襬撩起來的人說。那人將衣服塞進腰帶，也沒有戴帽子，看起來就像沒受過教育的人。

運慶絲毫不理會圍觀群眾的批評，他頭也不回，繼續揮動手中的鑿子和槌子。站在高處的他，專心地雕刻仁王的臉。

運慶的頭上戴著類似烏帽子[9]的小帽，身穿著像是素袍[10]的衣服，並將寬鬆的袖子綁在背後，樣子看起來就像古人一樣，與一旁鬧哄哄的群眾格格不入。我心想，為什麼運慶能活到現在？我的內心雖覺得不可思議，卻仍站在原地觀看。

運慶依舊一副理所當然的樣子，繼續努力雕刻。一位抬頭仰望他的年輕男子轉過頭來對我讚嘆：

「真不愧是運慶！他眼裡根本沒有我們，態度也宛如在說：『天下英雄，唯仁王與我』，真是了不起！」

我覺得他說的話很有意思，於是轉頭看了那人一眼。他立刻又說：「你看他用鑿子和槌子的模樣，已經達到運用自如的境界了。」

此時運慶正刻出一道寬約一寸的粗眉，手中的鑿子一下豎起，一下斜放，並用槌子從上方敲捶，堅硬的木頭瞬間被鑿開，厚厚的木屑隨槌子聲四處飛舞。轉眼間，一個鼻孔被撐大的鼻翼輪廓浮現。他的刀法俐落無比，下手絲毫沒有遲疑。

「他真是厲害，竟然能將鑿子用得如此出神入化，隨心所欲地刻出自己想要的眉毛和鼻子。」

由於我實在太感動，因此不禁喃喃自語，剛才那名年輕男子聽到之後又說：

「你說什麼？仁王的眉毛和鼻子才不是用鑿子刻出來的！運慶只是用鑿子和槌子的力量，把原本埋在木頭裡的眉毛和鼻子挖出來罷了！就像從土裡挖出石頭一樣，一定是這樣！」

8 日本古代傳說中的英雄。
9 日本古代成年男性所戴的帽子。
10 室町時代庶民平常所穿的衣服。

這時我才明白，雕刻原來是這麼一回事！若真是如此，那麼每個人應該都做得到。突然間我也好想試著雕一尊仁王像，於是我離開圍觀的行列，趕快回家。

我從工具箱裡拿出鑿子和鐵鎚來到後院。前幾天後院裡的橡樹被暴風雨給颳倒了，於是我請來木匠，將它鋸成適中的大小，打算拿來當柴薪。現在那些木材還堆積在後院裡。

我選了一塊最大的木材，興致勃勃地開始雕刻。不幸的是，仁王並不在裡面。第二塊依然沒能挖出仁王，第三塊裡也沒有。我試過所有堆積在那裡的木材，但仁王沒有藏在任何一塊木材裡。最後我終於明白，原來明治時代的木頭裡面根本沒有仁王，也才瞭解，為何運慶會活到今天。

第七夜

我乘著一艘大船。

這艘船不分晝夜地吐著黑煙，乘風破浪地前進，並一邊發出巨響。但我不知道它將駛向何方，只是每天都看著火紅的太陽從波浪底部升起。它高掛在帆柱正上方一段時間後，不知不覺間越過大船，來到大船前方，最後又像燒紅的火箸般，再度沉入波浪中。此時，遠方的藍色波浪轉為深紅色，滾滾翻騰，接著大船發出巨大聲響追趕其後，但總是追不上。

某天，我抓住一名同船的男子問：「這艘船是要駛向西邊嗎？」

男子露出詫異的表情望著我，過了一會兒才反問：「怎麼說？」

「因為它好像一直在追著落日。」

男子呵呵地笑了，然後離我而去。

「西沉之日，盡頭是東，這是真的嗎？又東出之日，故鄉是西？這也是真的嗎？身在海上，以櫓為枕。流去吧！流去吧！」

耳邊傳來這樣的歌聲。我往船頭走去，只見許多水手們正聚在一起，合力拉著粗重的帆繩。

我感到非常不安，既不知何時才能靠岸，也不知去向何方，只知大船不斷吐著黑煙，破浪而行。湛藍的波浪看來彷彿無邊無際，有時還會變成紫色，但純白的泡沫圍繞在船身周圍。我非常不安，與其一直待在這艘船上，倒不如跳入海中一死百了。

船上乘客很多，看來大多是外國人，但是輪廓都不盡相同。某日，天色陰霾船身搖晃，我看見一名女子倚在欄杆邊不斷哭泣。她用來擦拭眼角的手帕看起來是白色的，身上則穿了一件花洋裝。看到她我才發覺，原來悲傷的人不只有我一個。

某天晚上，我來到甲板獨自眺望星空。忽然一個外國人朝我走來，問我懂不懂天文學。我都已經無聊得想死了，哪還需要懂什麼天文學？因此我不發一語。但外國人卻說起位於金牛宮上的北斗七星的故事，還說星星與海洋都是神造的，最後又問我是否相信神，而我只是沉默地望著天空。

有一次我來到沙龍，看見一名衣著華麗的年輕女子，坐在背對門口的位置彈著琴，一名身材高挑的男子則站在她的身邊高歌，嘴巴看起來非常大。他們看起來似乎對周遭的一切完全不以為意，甚至忘了自己身在船上一樣。

我愈來愈覺無聊，最後終於決定尋死。於是在某天晚上，我趁四下無人的時候，縱身跳入海中。然而……就在我的腳離開甲板，與船身分開的瞬間，我突然不想死了。我打從心底感到後悔，早知道就不要自殺了。但一切都已經太遲，不論我願不願意，我都必須沉入海裡。不過這艘船實在太高，我的身體雖然已離開船身，但雙腳卻遲遲無法碰到海面。但因為沒有東西可以抓，因此我離水面愈來愈近，不論我多麼努力想將腳縮起，依然離水面愈來愈近。水的顏色是黑色的。

大船一如往常地吐著黑煙，從我身旁駛離。這時我才開始領悟到，就算我不知道船的目的地在哪裡，但待在船上總比在海裡好。然而再怎麼有所覺悟也已無濟於事，我只能抱著無限的悔意與恐懼，靜靜地沉入漆黑的波浪中。

第八夜

當我一跨進理容院的門檻，三、四名身穿白衣的店員異口同聲地說：「歡迎光臨！」

我站在店中央環顧四周，發現這是一間正方形房間，其中兩面牆上有窗戶，另外兩面牆上則掛著鏡子。我數了數，鏡子共有六面。

我走到其中一面鏡子前坐下。這張椅子坐起來非常舒適，一坐下就發出「噗」的一聲。鏡中反射出我的臉，同時也映出我身後的窗戶。我的斜後方是櫃臺，裡面空無一人，我能清楚看見窗外行人的上半身。

庄太郎正好帶著一個女人經過，他頭戴了一頂不知何時買的巴拿馬草帽。我不太清楚那女人是他何時結交的，但他們兩人看來都滿面春風。本來想仔細看清楚那女人的長相，可惜他們已經走遠。

賣豆腐的小販吹著喇叭經過。因為他嘴裡含著喇叭，臉頰就像被蜜蜂螫到一樣鼓脹。他經過時鼓脹的臉頰讓我很難釋懷，總覺得他似乎一輩子都被蜜蜂螫。

路上出現一名藝伎。她一副睡眼惺忪的模樣，還沒化妝，頭上的島田髻[11]也鬆垮垮的，看來悠閒，然而臉色卻差到令人不忍卒睹。我看到她對某人行禮，說了幾句話，不過鏡中無法映照出對方的身影。

接著，一名身穿白衣的高大男子來到我後方，他手拿著剪刀和梳子端詳我的頭。我撫著鬍鬚問：「如何？有辦法剪得好看一些嗎？」白衣男子什麼也沒說，只用手上的琥珀色梳子輕輕敲了敲我的頭。

「那頭呢？能不能剪得好看一點？」我又問。白衣男子依舊沒有回答，只是喀嚓喀嚓地剪了起來。

我睜大雙眼，不想放過任何一個照映在鏡子裡的身影，但每當剪刀發出喀嚓聲時，就會有黑色頭髮飛來，讓我害怕得閉上眼睛。

此時白衣男子說了：「先生，您有看見門外賣金魚的小販嗎？」。

我說沒有看到，白衣男子便不再開口，只是繼續專心地剪頭髮。忽然有人大喊：「危險！」我睜開眼睛，從白衣男子的袖子下方看見腳踏車輪子與人力車手把。這時白衣男子用雙手將我的頭轉向旁邊，讓我完全看不見腳踏車與人力車，只能聽見剪刀喀嚓喀嚓的聲音。

白衣男子總算走到我的旁邊，開始剃我耳邊的頭髮。因為頭髮不會再飛到前面，我便安心地睜開了雙眼。

「栗子麻糬，麻糬，麻糬喔……」門外傳來叫賣聲。小販故意用一把小杵在臼裡有節

11 日本女性最具代表性的髮型，主要為未婚女子所梳。

奏地搗弄。我只有在幼時見過賣栗子麻糬的小販，因此很想看個清楚。但是小販卻沒出現在鏡子裡，只有搗麻糬的聲音傳進我耳朵。

我極盡所能地朝鏡子角落望去，只見櫃檯不知何時已坐了一名女子。她是個皮膚黝黑、濃眉、身材高大的女人，頭髮綁成銀杏頭[12]，身穿單件和服，並掛著黑色緞面領巾作為裝飾。她立起半邊膝蓋，半跪坐地著數鈔票。鈔票似乎是十圓紙鈔，她垂下長長的睫毛，抿著薄唇，專心地數著。她數得很快，但那疊鈔票卻好像怎麼數也數不完。放在她膝上的鈔票約有一百張，但一百張鈔票再怎麼數，應該也還是一百張。

我茫然地凝視那女人的臉和那些十圓紙鈔。這時候白衣男子在我耳邊大聲地說：「我們去洗頭吧！」我一從椅子上站起來，就立刻回頭望向櫃檯，櫃檯裡竟然沒有女人和鈔票的身影。

我付了錢走到店外，看見門口左側放著五個橢圓形桶子，裡面裝滿各種金魚，有紅色的、有斑紋的、有瘦的也有胖的，而賣金魚的小販正站在桶子後方。他直盯著眼前的金魚，手托著腮幫子一動也不動，完全不理會往來的人群。我佇立在那兒，望著這名小販。在我看著他的這段時間裡，他始終文風不動。

第九夜

這世界開始變得喧囂，戰爭似乎一觸即發，局勢混亂得彷彿是被火燒得四處逃竄的無鞍馬，不分晝夜地繞著房屋狂奔，而步兵們也不捨晝夜地追趕牠。然而家中卻一片死寂。

家裡有年輕的母親與一個就要滿三歲的小孩，父親已不知去向。父親離家的那個深夜，夜色漆黑得不見星月。他在屋裡穿上草鞋，披上黑頭巾，從廚房後門離開。當時母親手中的提燈在黑暗中射出一道細長的光線，映照在籬笆前那棵老柏樹上。

從那之後，父親就再也沒回來過。母親每天都會問三歲的小孩：「爸爸呢？」小孩什麼也沒說，但過了一陣子，他便學會回答：「在那裡。」所以當母親問：「他什麼時候回來？」小孩總是笑著回答：「在那裡。」此時母親便會微笑，然後反覆教他「立刻就回來」

12 一種將前半頭髮分成兩束後，再向上盤起的女性髮型。

這句話。然而小孩只記得「立刻」，因此有時當母親問他：「爸爸在哪裡？」他會回答：「立刻。」

入夜後，當四周萬籟俱寂，母親便會繫好腰帶，把短刀收進鯊魚皮製的刀鞘裡，然後插在腰帶間，接著再用一條較細的腰帶將小孩揹在背上，悄悄出門。母親總是穿著草鞋，有時候，小孩會聽著母親的草鞋聲，在母親背上入眠。

沿著被綿延不絕的土牆圍繞的房屋西行，往下走到斜坡盡頭，便能看見一棵高大的銀杏樹。從這棵銀杏往右轉，再往裡走約一百公尺，便有座石製鳥居。經過一邊為田地，一邊為山白竹林的小徑後，就來到鳥居前。走過鳥居，便進入了一片杉木林。沿著約三十多公尺長的石板路再繼續往前走到盡頭，便抵達一座古老神殿的階梯下。歷經風吹雨打而呈現鼠灰色的捐獻箱上方，垂吊著一條頂端繫有鈴鐺的粗繩。倘若在白天，可以看見鈴鐺旁邊掛著一幅寫有「八幡宮」的匾額。其中的「八」字就像兩隻對望的鴿子，相當有趣。除此之外，還有許多不同的匾額[13]，其中大部分是藩士[14]在射箭比賽中射下「金的」[15]後所奉獻的，上面還刻著射手之名，另外也有信徒奉獻的長刀。

鳥居後方的杉樹梢上不時傳來貓頭鷹的鳴叫，同時夾雜著草鞋發出的啪嗒聲響。腳步聲在神殿前停下，母親先搖響鈴鐺，接著蹲下拍掌參拜。通常在此時，貓頭鷹的叫聲也會突然停止。母親誠心誠意地祈禱夫婿平安無事，她認為，丈夫是名武士，只要向掌管弓箭的八幡神祈求，應該沒有不靈驗的道理。

小孩常被鈴聲驚醒，當他看見四周一片漆黑，便會立刻在母親背上放聲大哭。此時母親總是邊唸唸有詞地祈禱，邊搖晃背部以安撫小孩。有時小孩會因此而止住哭泣，有時卻哭得更厲害。但無論如何，母親絕不放棄祈禱，也不輕易起身。

在為丈夫的安危祈禱完後，母親會解開細腰帶，將背上的小孩放下，用雙手抱在胸前，爬上神殿階梯。她用自己的臉輕輕磨蹭小孩的臉，對他說：「乖孩子，等一下喔！」接著用細腰帶的一端綁住小孩，另一端綁在神殿欄杆上。接著走下階梯，在長達三十六公尺的

13 日本信徒會在神社內來回走上一百次來許願。在願望實現後，許願者便會製作匾額獻給神社。
14 江戶時代大名的家臣。
15 中間貼有金紙的標靶，為射箭比賽中難度最高者。

石板路上來回走一百趟。

一片漆黑的走廊上，被綁在神殿的小孩在細腰帶長度所及之處爬來爬去。對母親來說，這是非常輕鬆的夜晚。但若被綁住的小孩開始抽泣，母親也會感到十分不安，在石板路上來回一百次的腳步也會變得非常急促，呼吸變得上氣不接下氣。有時實在無計可施時，她會暫時回到神殿安撫好孩子後，再重新來回走一百次。

這樣令母親每晚魂牽夢縈，擔心得夜不成眠的父親，早已因浪人身分而被殺了。

這個悲哀的故事，是母親在夢中告訴我的。

第十夜

阿健告訴我，庄太郎在被女人迷走的第七天晚上，一回到家就突然發燒倒下。

庄太郎是村裡最俊俏的男子，他不但心地善良，為人也很正直，只是有個癖好，就是每當夕陽西下時，總喜歡戴著巴拿馬草帽，坐在水果店前看路過的女子，並頻頻發出讚嘆。

除此之外，沒什麼特別之處。

若路上沒什麼女人經過時，庄太郎就不看行人，轉而注視水果。水果店裡有各種水果，老闆會將水蜜桃、蘋果、枇杷、香蕉等水果，整齊地排放在籃子裡，並將籃子排成兩列，讓客人可以直接整籃提去探病。庄太郎望著這些水果籃讚嘆：「真是漂亮。」還說：「若要做生意，就一定要賣水果。」話雖如此，他依然戴著巴拿馬草帽，成天遊手好閒。

有時庄太郎也會對橘子等水果品頭論足一番，例如：「這個顏色不錯。」但他不曾花錢買過水果，也不吃免費的水果，只是稱讚水果的色澤。

有天傍晚，一名女子忽然出現在店門口。她衣著華麗，看起來像是有身分地位的人。庄太郎非常喜歡她衣服的顏色，對她的長相更是心動不已。他脫下寶貝的巴拿馬草帽，恭敬有禮地向她打招呼。女子指了指最大的一籃水果說：「我要買這一籃。」於是庄太郎立刻遞給她。女子提了提後說：「好重喔！」

庄太郎本來就無所事事，而且個性豪爽，便對她說：「我幫您提回府上吧！」然後隨女子一起離開水果店，從此再也沒回來過。

個性豪爽是一回事，但庄太郎的舉動也未免太輕率了！親友們議論紛紛地直說：「這件事絕對非比尋常！」

直到第七天夜晚，庄太郎才搖搖晃晃地回來。眾人聚在他家追問：「庄太郎，你這幾天究竟去哪裡了？」庄太郎竟回答：「我搭電車去山上了。」

那一定是段漫長的旅途。據庄太郎的說法，他下了電車之後，就是一片遼闊的原野，放眼望去盡是綠意盎然。他與女子一同漫步在草原上，走著走著竟來到斷崖絕壁邊。此時女子對庄太郎說：「你從這裡跳下去看看。」庄太郎往崖下一瞧，發現山谷深不見底，只看得見岩石峭壁。庄太郎又脫下他的巴拿馬草帽，再三推辭。於是女子說：「你不跳的話就要被豬舔，要嗎？」庄太郎最討厭的就是豬與雲右衛門[16]。但無論如何，性命還是最重要，因此他決定不跳。這時竟然真的出現一隻哼哼叫的豬，庄太郎沒辦法，只得用手中那支檳榔樹枝做成的細枴杖，朝豬的鼻子揮打。豬發出「嗚」的一聲哀鳴，猛然一退，就掉落到山崖下。就在庄太郎鬆了一口氣的同時，不料又有另一隻豬用牠的大鼻子蹭過來，逼得庄太郎只好再度揮動枴杖。這隻豬同樣哀鳴一聲，便四腳朝天地墜下山崖。接著，又一隻豬出現了！此時庄太郎才驚覺，草原對面的遙遠彼端，有數以萬計的豬正哼哼叫地直直湧向站在崖邊的自己。

庄太郎打從心底感到害怕，卻不知如何是好，只好每當有豬接近時，就用梹杖敲打牠的鼻頭。不可思議的是，一旦被梹杖碰到鼻子，豬就會落下山崖。庄太郎往下一看，只見豬群一隻接一隻地跌落深不可測的谷底。他心想：「我竟然把這麼多隻豬打落谷底！」不禁更覺恐懼。豬群依然不斷湧現，數不清的豬正哼叫著，有如長了腳的烏雲，氣勢洶洶撥開綠草，往庄太郎衝過來。

庄太郎抱著必死的決心，奮勇地敲打豬鼻。他與豬群纏鬥了整整七天六夜，最後耗盡力氣，手腳變得像蒟蒻般軟弱無力，最後還是被豬舔了，然後倒在斷崖邊。

關於庄太郎的故事阿健只說到此。最後他說：「所以還是別亂看女人的好。」我也深有同感，又想到阿健曾表示很想要庄太郎那頂巴拿馬草帽。

我想，庄太郎應該沒救了，而草帽八成會落入阿健手裡吧！

16 以三味線伴奏說唱故事的浪曲師。

文鳥

天氣晴朗時，隔著玻璃沐浴在和煦陽光下的文鳥會高聲歌唱，但卻不會像三重吉說的那樣，牠從不曾因為看到我而叫得更響亮。

十月我搬到早稻田。我獨坐在有如伽藍般的書房裡，整理好儀容，托著腮幫子發呆。就在這時候，三重吉[1]前來對我說：「請您養鳥吧。」我答道：「可以啊。」不過為了保險起見我還是問了：「要養哪一種鳥？」

「文鳥。」他回答。

三重吉的小說[2]裡曾提到文鳥，因此我想牠一定很美，便請他幫我買鳥。然而三重吉只是不斷反覆地說：「請您一定要養。」我則仍維持托腮的姿勢喃喃地說：「嗯嗯，會買啦會買啦！」三重吉終於安靜下來。這時我才發現，他也許是不喜歡我托著腮幫子的模樣吧。

約莫過了三分鐘，他又開口：「請您買鳥籠。」我答：「好啊！」但這回他沒再三叮嚀「請您務必要買」，反倒開始說起該如何選購鳥籠。我很對不起他，因為他的說明複雜到我全忘光了。而且當他提到「好一點的鳥籠大概要二十圓」時，我才回過神來連忙說：「用不著買那麼貴的吧？」這時他臉上浮現一抹微笑。

「到底要去哪裡買？」我問他。

「每一間鳥店都有。」三重吉的回答平淡至極。

「那鳥籠呢？」我反問。

「鳥籠嗎？鳥籠喔……就是那個啊……應該到處都有賣吧！」他用一種無所謂的態度含糊地說。

「可是沒個方向怎麼行？」

由於我的表情困惑，三重吉於是撫著臉頰說：「我聽說駒込有一位製作鳥籠的名家，但年紀好像很大了，說不定已經過世了……」此時他的神情顯得非常不安。

無論如何，既然話已出口就應當負責，因此我決定將一切都交給三重吉處理。他立刻要我拿出錢來，我也只好把錢交給他。三重吉胸前的口袋總是會放一個不知從哪兒買來的七子織[3]三摺錢包，而且他有個壞習慣，不論是自己的錢還是別人的錢，他全都放進這個

1 鈴木三重吉，小說家。為漱石在東大英文系的學生。
2 指收錄在其短篇集《千代紙》中的〈三月七日〉。
3 又名魚子織，一種表面有像魚卵般突出的織法。

錢包！我親眼看著三重吉將我那張五圓鈔票塞進錢包。

就這樣，我的錢落入三重吉手中，但鳥與鳥籠卻遲遲未現。

不知不覺時節來到秋末冬初，三重吉依舊常來找我，但總是聊些與女人有關的話題就回去了，完全沒提到文鳥與鳥籠的事。和煦的日光穿過玻璃門，照射在門外寬約一公尺半的外廊上。我想著，要是養了文鳥的話，如果在這種暖洋洋的季節裡將鳥籠放在外廊，文鳥必定會發出悅耳的鳴叫。

根據三重吉在小說裡的描述，文鳥會「千代、千代」[4]地叫，而且小說裡數度寫到「千代、千代」，可見三重吉一定很喜歡文鳥的叫聲，但也可能是他曾愛上一個名叫千代的女人。不過他本人從不談論那類話題，我也沒問過。外廊灑滿陽光，卻沒有文鳥的叫聲。

秋霜開始從天而降。我每天都坐在伽藍書房裡，不是將整理好的儀容再度弄亂，就是手托著腮幫子後又放下。我的房門上了兩道鎖，火盆裡剩下炭火不斷燒著，不知不覺中我已經忘了文鳥。

某日三重吉興沖沖地從大門外走入。當時已是入夜時分，我冷得將胸口貼近火盆上方取暖，好讓自己原本垮著的一張臉變得紅潤，心情也隨之開朗。

三重吉帶豐隆[5]一起來，然而豐隆一臉無奈。他們兩人各提一只鳥籠，身為大哥的三重吉還抱著一個大箱子。就在這個初冬的夜晚，我的一張五圓鈔票變成文鳥、鳥籠與箱子。

三重吉得意洋洋地說：「來，請看。豐隆，把那盞油燈移過來一點。」他的鼻頭早已被凍得微微發紫。

真是只漂亮的鳥籠，台座有上漆，竹子不但削得纖細，更染上了顏色。

三重吉說：「這個籠子才花三圓。很便宜吧，豐隆？」

「嗯，很便宜。」豐隆說。

我不知道這樣到底算不算便宜，卻也隨之附和：「嗯，還真便宜！」

三重吉說：「若要更好的鳥籠，就得花到二十圓呢！」這是他第二次提到二十圓這個

4 「千代」音為「CHIYO」。

5 小宮豐隆，評論家。漱石的學生，當時還在就學。

數字。當然與二十圓相比，這鳥籠確實便宜許多。

「這種漆呢，只要放在日光下曝曬一段時間，黑色就會漸漸轉成紅色，而且竹子也已煮過一次，所以不打緊的老師。」三重吉熱心地為我說明。

「什麼東西不打緊？」我回問。

「來，您看看這隻鳥，很漂亮吧？」他說。

鳥兒確實很美。鳥籠就放在離我們一點二公尺遠的隔壁小房間，從這裡看過去，牠幾乎一動也不動，被昏暗的光線襯得格外潔白，倘若不是蹲在鳥籠裡，簡直看不出那是隻鳥。而且牠看起來似乎很冷。

「牠應該很冷吧？」我問。

「所以我們才特別替牠做了個箱子。入夜後，就把牠放進去。」三重吉說。

「為什麼要有兩只鳥籠？」我又問。

「因為偶爾要把牠放進這只做工比較粗糙的籠子裡，讓牠自己洗澡呀。」

正當我想著「這還真的有點麻煩」時，三重吉又補充說：「還有，牠的糞便會把鳥籠弄髒，所以要請您時常幫牠打掃。」為了文鳥，三重吉的態度相當強硬。

我一再地說好，並接下文鳥。接著三重吉又從袖子裡拿出一袋小米。

「每天早上一定要餵牠吃這個。要換飼料時，一定要拿出飼料盒，用吹的將小米殼清掉，否則牠就得自己挑出小米吃。另外每天早上也要幫牠換水，這樣還能順便幫老師改掉晚起的壞習慣呢！」

三重吉對文鳥還真是呵護備至，而我也一一允諾。

接著豐隆從袖子裡拿出飼料盒與飲水盒，畢恭畢敬地擺在我面前。如此一來，我等於是騎虎難下了！但就道義而言，我也必須負起照顧文鳥的責任才行。雖然不太有信心，但至少試試。倘若真的照顧不來，家裡的下人應該也能幫忙吧！

最後三重吉小心翼翼地將鳥籠放進箱子裡，放到外廊上，說了聲「我把牠放在這裡了」，便轉身離去。

我將棉被鋪在伽藍書房正中央的地上，在寒冷中入睡。由於背負著飼養文鳥的責任，雖然冷但睡得如同往常一樣安穩。

翌日早晨，我一睜開眼便看到陽光從玻璃門外射進房裡，我立刻想到該去餵文鳥了，卻怎麼也爬不起來。就在我不斷想著「等一下就去餵」、「立刻就去」時，時間已來到八點。沒辦法了，我只好趁著要去洗臉，赤腳踏上冷冰冰的外廊時順便打開箱蓋，將鳥籠移至光亮處。文鳥眨著眼睛，令我頓時覺得非常對不起牠，想著自己應該早點起床的。

文鳥的眼睛黑黝，周圍是一圈淡紅色的眼瞼，宛如繡上的絲線。每當牠眨眼，那圈絲線就會瞇成一條線，隨即又恢復回圓形。我一將鳥籠從箱子裡拿出來，文鳥便微傾牠雪白的頸子，轉動那雙烏溜溜的眼睛，並首次將視線移到我臉上，然後「千千」地叫了起來。

我輕輕地將鳥籠放在箱子上。文鳥迅速從這根棲木跳到另一根棲木上。鳥籠裡有兩根棲木，中間隔著一段距離架著一根深色的青軸[6]枝椏。牠輕輕踏在棲木上的腳是如此纖細嬌弱，細長的淡紅色爪子尖端有著珍珠般的指甲，穩穩抓住大小適中的棲木。

忽然，眼前的景色有了變動。文鳥已在棲木上轉換方向，頭部不斷左右傾斜。頸子才一歪，卻又倏地挺正；頭部微微往前伸了伸後，白色翅膀又立刻開始振動，牠輕巧地落在另一根棲木正中央，發出「千千」的叫聲，然後遠遠地望著我。

我到浴室洗完臉後，回房途中特地繞到廚房。我打開櫥櫃，取出昨晚三重吉幫我買來的小米，倒入飼料盒裡，並將飲水盒注滿水，然後來到書房的外廊。

三重吉真的很細心，昨晚還為我詳細說明了放置飼料盒時的注意事項。根據他的說法，要是隨便打開鳥籠，文鳥便會逃走。因此用右手打開鳥籠門時，若沒同時以左手擋住門的下方，就有可能讓文鳥逃走，取出飼料盒的時候也一樣要注意。三重吉甚至親自示範那些動作給我看，然而我卻忘了問他，像這樣將雙手都用上之後，要如何將飼料盒放進籠子裡？

於是我只好用右手拿飼料盒，以手背將門往上推開，然後立刻用左手擋住開口。鳥兒微微轉過頭來，又「千千」地叫著。我不知擋住開口的左手該做什麼，而文鳥看來不像會趁人不注意時逃走，莫名地讓我覺得牠有些可憐。三重吉教了我一件壞事啊。

當我的大手一伸進鳥籠裡，文鳥就開始奮力地拍著翅膀，一片雪白而溫熱的羽毛從鳥

6 梅樹的一種，新枝與花萼呈綠色，花瓣呈白色。

籠的縫隙間飛出，讓我突然厭惡起自己的大手。我將裝了小米的飼料盒與盛滿清水的飲水盒放置在兩根棲木之間後，立刻將手抽出，鳥籠的門隨即自動落下，文鳥也回到棲木上。牠將純白的頸子轉向一旁，抬頭仰望鳥籠外的我，接著又將頸子轉而望向爪下的小米與水，而我則前往飯廳用餐。

當時我每天的例行公事就是寫小說。除了吃飯以外，我幾乎都坐在書桌前執筆，四周靜謐無聲，只有筆尖在紙上滑動的聲音。大家都有種默契，不會隨便進入我的伽藍書房。不論早晚，當我聽著這聲音，總會感受到一股寂寥。而當這聲音戛然而止，又或者不得不停止時，我總習慣將筆夾在指間，手掌托著下巴，眺望玻璃門外狂風呼嘯的庭院，然後手指輕捏下巴，書寫聲再度響起。此時倘若筆尖與紙張沒緊貼，我就會捏著下巴往外拉。就在這時，外廊上的文鳥忽然「千代」、「千代」地叫了兩聲。

我擱下筆，到外廊上查看。站在棲木上的文鳥正面向著我，挺著潔白胸膛，彷彿快往前傾似地高聲喊著「千代」。三重吉離去前曾向我保證：「等牠熟悉環境，就會叫出『千代』，一定會叫的。」

我在鳥籠旁蹲下。文鳥胖胖的頸子往左右兩邊各轉動了兩、三次後，又重新望向我。接著一團純白瞬間跳下棲木，用美麗的爪子前半部抓住飼料盒邊緣。令人驚訝的是，光用小指就能輕易翻倒的飼料盒竟像吊鐘似地靜止不動。文鳥果然輕盈無比，好比雪之精靈。

文鳥快速地將鳥喙伸入飼料盒裡，左右搖晃數次，原本裝填平整的小米一顆顆落在籠底，接著牠揚起鳥喙，喉嚨發出細微的聲音，然後又將鳥喙放入小米中，再度發出微小的聲音。那聲音聽來還真有意思，既圓潤又纖細，而且非常快速，宛如一名菫花般大小的人兒，正拿著黃金槌子，不斷敲擊瑪瑙製的棋子。

文鳥的鳥喙是混雜淡紫色的紅。那紅色從根部開始逐漸變淺，到了用來啄食小米的尖端部分已呈白色——恰如半透明的象牙色。鳥喙鑽入小米的速度極快，左右晃動時撒出的小米，看起來也非常輕。當文鳥尖尖的鳥喙一伸進黃色米粒中，為了保持平衡，胖胖的頸子會毫不猶豫地開始左右晃動。飛散到鳥籠底部的小米不知已有多少粒，飼料盒卻始終文風不動。其實飼料盒很重，直徑應該有四點五公分。

我悄悄回到書房，孤單地振筆直書。文鳥在外廊「千千」地鳴叫，有時則是「千代」、

「千代」地叫著。冷冽的寒風在屋外吹著。

傍晚，我正好看見文鳥喝水的模樣。牠纖細的爪攀在飲水器邊緣，仰起頭，珍惜地將盛在小小鳥喙中的一滴清水吞下。我心想，照這麼看來，這些水大概可以撐個十天吧。於是我又回到書房，入夜之後，我將鳥籠收進箱子裡。就寢時，我望向玻璃門外，只見月兒高高掛在空中，外頭正下著霜，箱子裡的文鳥沒有發出一丁點兒聲響。

翌日我依然太晚起床，直到八點多才將文鳥從箱中取出，真是難為了牠。牠一定早就醒來了吧！然而文鳥沒有露出一絲不愉快的表情。當我一將鳥籠放在亮處，牠就開始眨眼，微微縮了縮頸子望著我。

我從前認識一名優雅的女子，某天當她倚在桌前思索時，我悄悄走到她身後，拿起她垂在腰際的紫色帶揚[7]的流蘇，由上往下輕觸她纖細的後頸。她帶著憂鬱的表情回頭，雖然眉頭深鎖，但眼角與嘴角卻帶著一絲笑意，並縮了縮那線條優美的頸子。當文鳥望著我的時候，我不禁想起這名女子。她現在已嫁為人婦，而她的親事正是在我用紫色帶揚捉弄她的兩、三天前決定的。

飼料盒中的小米還剩八分滿，但其中混著許多小米殼，水盒的表面也浮著一片小米殼，變得非常混濁，不更換不行。我再次將大手伸入鳥籠裡，即使我已非常小心謹慎，文鳥依然狂亂地振翅，就算只落下一根純白的羽毛，也讓我覺得很對不起牠。我用吹氣的方式將小米殼清乾淨，被我吹落的小米殼不知被冷風帶至何方。我也換了水，因為是自來水所以很冰。

那天我一整天都聽見文鳥「千代」、「千代」的鳴叫聲。我思考著文鳥是否也是因為寂寞而鳴叫？然而當我到外廊看牠時，牠正不斷地在兩根棲木之間來回跳躍，看來沒有一絲不滿。

晚上我將牠放入箱裡。隔天一早，當我睜開眼，外面已覆蓋一層銀白色的霜。文鳥八成已經醒了，我卻爬不起來，就連伸手拿枕邊的報紙也覺得很困難。即便如此，我還是抽了一根菸。我心想，等抽完這根菸後，就去把鳥籠從箱裡拿出來，並凝望從自己口中飄出

7 穿和服時，為了遮住帶枕而繫的裝飾用細腰帶。

的煙霧。沒想到，我竟然在一片煙霧迷濛中，隱約看見從前那個縮著頸子、瞇起眼，並微微皺眉的女子。我從被窩裡爬了起來，在睡衣上加了一件短外套後，立刻來到外廊，打開箱子將文鳥拿出來。文鳥在離開箱子的瞬間叫了兩聲「千代」。

根據三重吉的說法，文鳥一旦習慣環境後，會看著人的臉鳴叫。據說三重吉現在養的文鳥只要一看到他，就會「千代」、「千代」地叫個不停，不但如此還會啄食三重吉捏在指尖的飼料，我也希望自己有一天能用指尖拿飼料餵文鳥。

隔天早上我又怠惰了，甚至連那女子的模樣也想不起來。我洗好臉吃完早餐後，才忽然想起這件事前往外廊查看。沒想到鳥籠已經被拿出來放在箱子上，文鳥快樂地在棲木上飛來飛去，有時還會伸長頸子，從下方窺視鳥籠外面，那模樣真是天真無邪。過去被我拿紫色帶揚惡作劇的女子總是穿著長襟和服，身材高挑的她，常常微偏著頭看人。

盒裡還有小米，水也還不缺，文鳥相當滿足，於是我沒有更換小米與飲水就回到書房。

中午過後我又來到外廊，我打算沿著大約九、十公尺長的環屋外廊散步，當作餐後運動順便讀點書。然而當我走到外廊一看，文鳥的小米已有七成左右被吃光了，水也一片混濁。於是我將書先擱在外廊上，趕緊替牠更換飼料與飲水。

隔天我還是睡到很晚才起床，在洗完臉、吃飽飯之前，都沒去外廊查看。回到書房後我心想，下人會不會像昨天一樣，幫我把鳥籠拿出來？我探頭往外一看，鳥籠果然已經被拿出箱外。不僅如此，飼料與飲水也已經更新，於是我放心地將頭縮回書房。突然文鳥又「千代」、「千代」地叫了，我再度探出頭，但文鳥卻沒再發出鳴聲，我覺得有些訝異，隔著玻璃門眺望院子裡的霜，最後又回到書桌前。

書房裡一如往常地充滿沙沙沙的筆聲，進行到一半的小說進展還算順利，我的指尖很冰冷。今天早上剛填入的佐倉炭[8]已變得灰白，薩摩五德[9]上的鐵水壺也幾乎冷卻，連裝木炭的容器也空了。我拍了拍手，但聲音無法傳到廚房，於是我起身打開玻璃門，文鳥竟反常地停在棲木上動也不動。我定睛一看，發現牠竟單腳站立！我將裝木炭的容器放在外廊，

8 日本千葉縣佐倉地區所生產的木炭，品質極佳。
9 薩摩地區出產的五德。五德為放置在火盆上的鐵製圓環，上有三至四根支架，可供承載水壺等器具。

彎下腰俯瞰鳥籠。不論怎麼看，牠立在棲木上的腳爪就只有一隻。牠就這樣將自己全身的重量寄託在這隻纖細的腳爪上，靜靜地在籠中休息。

我感到很不可思議。看來三重吉雖然向我詳細說明了關於文鳥的一切，卻獨漏了這一點。當我將木炭裝進容器回到書房時，文鳥的腳爪依然只有一隻。我站在寒冷的外廊端詳了一陣子，文鳥依舊沒有動靜。我安靜地凝視牠，只見牠的眼睛漸漸瞇成一線，我想牠大概是睏了吧！於是我打算悄悄地回書房，誰知就在我踏出第一步的瞬間，牠又睜開眼睛，另一隻纖細的腳爪也在此刻從純白的胸部放下。我關上門，將木炭添進火盆裡。

小說的撰寫愈來愈忙碌。我每天早晨依舊賴床。一旦下人開始幫我照顧文鳥，我就覺得自己的責任減輕許多。若是下人忘了，我才會去幫牠更換飼料與飲水，移動鳥籠，再不然就是叫他們去做這些事，而我的工作只是聆聽文鳥鳴叫。

不過每當我來到外廊，我一定會停在鳥籠前觀察文鳥。大部分的時間，牠都會在兩根棲木之間跳來跳去，看來相當滿足，一點兒也不嫌鳥籠狹小。天氣晴朗時，隔著玻璃沐浴在和煦陽光下的文鳥會高聲歌唱，但卻不會像三重吉說的那樣，牠從不曾因為看到我而叫得更響亮。

當然牠也不曾從我的指尖接過飼料。偶爾在我心情好的時候，我會用食指沾些麵包粉之類的東西，從鳥籠的縫隙伸進去一些，但文鳥絕不會靠過來。要是我粗魯一點，猛地將食指伸進鳥籠，牠便會被我粗粗的手指嚇一跳，在籠裡驚慌失措地振翅亂飛。我試過兩、三次後，開始覺得有些不忍，便決定再也不這麼做。我很懷疑，這世上真的有人能做到嗎？恐怕也只有古代的聖徒才可以吧！三重吉一定是在騙我！

某日，當我照例在書房奮筆疾書，撰寫哀傷的故事之際，忽然聽見外廊傳來「沙沙」、「沙沙」的奇怪聲響，聽起來就像女子正甩著長長的衣襬。只不過，若真的是甩動衣襬，那聲音也未免太過誇張。其實，那聲音似乎也有點像內裡雛[10]一步步爬上雛段[11]時，褲裙下襬發出的摩擦聲。我將寫到一半的小說擱下，手中的筆仍拿著，走到外廊探個究竟。原來

10 一對象徵天皇與皇后的人偶。
11 日本在三月三日女兒節時，擺放在家裡的階梯式台座，上面會放置各種人偶。

是文鳥在洗澡。

那些水正好剛換新。文鳥輕盈的雙足踏在飲水盒中，水深及胸。牠不時展開潔白的雙翼，壓低腹部，彷彿蹲在飲水盒裡似地甩動全身的羽毛，然後輕快地跳上飲水盒邊緣，過了一會兒又跳進水裡。飲水盒的直徑也只有四點五公分，當牠跳進去時，尾巴、頭，還有背部，全碰不到水，浸在水裡的只有足爪與胸部。但即使如此，牠依然愉快地洗著澡。

我急忙拿來另一只鳥籠，將文鳥遷過去，然後又拿澆水器到浴室接了一壺水，從鳥籠上方將水澆下。在澆水器快空了的時候，澆出來的水順著白羽毛滑下，變成了一顆顆水珠滾落下來，文鳥也不斷眨眼。

過去，當被我用紫色帶揚惡作劇的那女子坐在坐墊上工作時，我都會在二樓用一面小鏡子將春日的光線反射到她臉上，以捉弄她為樂。女子總是抬起微微泛紅的臉，將纖纖玉手抬至額前遮光，同時滿臉詫異地頻頻眨眼。我覺得，那女子與這隻文鳥或許擁有相同的心情吧。

隨著時間流逝，文鳥的鳴聲也愈來愈悅耳。然而卻還是經常被我遺忘，不是飼料盒裡堆滿小米殼，就是鳥籠底部積滿糞便。有一次我因參加晚宴而晚歸，回到家後，只見寒冬的月光穿過玻璃，照亮寬闊的外廊，而寂靜無聲的鳥籠被擱置在箱子上，文鳥的白色身影則隱隱約約、似有若無地浮現在棲木之上。我立刻捲起袖子，將鳥籠放進箱子裡。

次日，文鳥依舊精神奕奕地鳴叫。之後的寒冷冬夜，我仍會偶爾忘了將鳥籠收回箱裡。一天晚上，我一如往常地在書房專心聽著書寫聲，突然間外廊傳來重物翻覆的聲音，但我沒有起身，只是繼續寫小說。雖然不是完全不在意，但若特地起身去查看，卻發現什麼事都沒有，又會覺得很氣人，因此我雖然豎起耳朵，卻裝出不知情的樣子。那一晚我到十二點多才就寢，在上完廁所回來的途中，實在不放心的我為了保險起見便繞到外廊看看，沒想到——

鳥籠從箱子上掉下來，橫倒在地，飲水盒與飼料盒全打翻了，小米灑落外廊，棲木也從鳥籠裡掉出來，文鳥則靜悄悄地攀附在鳥籠上。我當場下定決心，從明天起絕不讓貓上來外廊。

隔天文鳥沒有叫。我替牠裝了一盒滿滿的小米，飲水盒裡的清水也多到快溢出來，但文鳥始終以單足站在棲木上一動也不動。吃完午餐後，我打算寫信給三重吉。寫了兩、三行後，文鳥便「千千」地叫了起來。我停下筆，文鳥再度「千千」地叫。我走到外面一看，只見小米與清水都減少許多，於是我將信撕毀並丟棄。

隔天文鳥還是不叫。牠離開棲木，腹部抵住鳥籠底部。牠的胸部有點膨脹，細小的羽毛看起來如漣漪般凌亂。同一天早上，我剛好接到三重吉的來信，他為了之前的某件事而約我到某地。由於他要求我在十點前抵達，所以我便沒理會文鳥，直接出門。見到三重吉後，我們針對那件事談了很久，一起吃完午餐後，又一起吃晚餐，甚至最後還約好明天再聚，才各自回家。等我回到家中已是晚上九點，文鳥的事早被我忘得一乾二淨。十分疲累的我，立刻上床睡覺。

第二天我一睜開眼，就立刻想起那件事。即使本人願意，但將女兒嫁去那種人家，我想也不會有什麼好結果！她一定是因為大人說「隨便嫁到哪裡都行，反正妳只是個孩子」所以只好聽從，而一旦嫁做人婦，就無法輕易離開。這世間有太多衣食無虞，卻一步步踏入不幸的人。我吃完早餐，邊用牙籤剔牙邊思索著這些，隨後又出門去處理那件事。

我在下午三點左右回到家。將外套掛在玄關後，打算沿著走廊進入書房，於是來到外廊，沒想到鳥籠已經被放在箱子上了，但文鳥卻翻倒在籠底，雙足硬邦邦地緊貼在一起，與身體形成一直線。我佇立在鳥籠旁，凝望文鳥。牠漆黑的雙眼緊閉，粉紅色的眼瞼已變成淡藍色。

飼料盒裡滿是小米殼，沒有一粒能吃，飲水盒也乾得見底。夕陽餘暉透過玻璃門斜斜灑下，鳥籠台座上的漆果真如三重吉所言，在不知不覺中已由黑轉紅。

我望著在冬日下的紅色台座，望著空空如也的飼料盒，望著空蕩蕩的兩根棲木，還有望著那倒在棲木下方，已經變得僵硬的文鳥。

我彎下腰雙手抱起鳥籠，然後進入書房。我將鳥籠放在十張榻榻米大的書房中央，正坐在鳥籠前，接著打開它，手伸進去輕輕握住文鳥，牠柔軟的羽毛已完全冰冷。

我收回握拳的手，再將手張開，文鳥只是靜靜地倒在我的掌心。有好一段時間，我就這樣張著手掌凝視死掉的小鳥。我輕輕地將牠放在坐墊上，用力拍了拍手。

快滿十六歲的女傭應聲而來，跪在門口。我猛然抓起坐墊上的文鳥扔向她，而她則低頭不發一語。

「都是因為妳沒餵牠吃飯，害牠死了！」

我惡狠狠地瞪著女傭，而她仍沉默不語。

我回到書桌前，寫了一張明信片給三重吉：

我家下人沒有好好更換飼料，讓文鳥死了。她把我沒交代的東西放進鳥籠裡，又沒善盡更換飼料的義務，真是殘酷至極！

「把這個拿去寄，順便把那隻鳥帶走。」我對女傭說。

「要把牠拿去哪裡？」女傭問。

「隨便妳！拿走就是了！」我憤怒地咆哮。

於是她驚慌地將牠拿到廚房。

不久，我聽見孩子在後院吵著要將文鳥埋起來，打掃庭院的園丁說「小姐，埋在這裡好嗎？」

我依舊在書房執筆，雖然一點進展也沒有。

翌日，不知為何我感到頭很沉重，因此十點左右才起床。我邊洗臉，邊望向後院，發現昨天園丁說話時所站的位置附近，有一塊小小的木牌豎立在一株翠綠的木賊旁，而且比木賊矮上許多。我穿上庭院專用的拖鞋，踏著陰影下尚未消融的霜走到那附近。木牌上寫著「請勿踩踏此土堆」，那是筆子[12]的字跡。

下午我收到三重吉的回信，信中只寫著「文鳥真是可憐」，卻隻字未提我家下人的壞心與殘酷。

12 漱石的長女，當時九歲。

草枕

我打算以彷彿自遙遠上方俯瞰的超然心態，來看待接下來將遇見的每個人，讓人情世俗無法在雙方之間流通。

一

我走在山路上，一邊想著。

太講究理智，容易與人產生摩擦；太順從情感，則會被情緒左右；太堅持己見，終將走入窮途末路。總而言之，這世間很難生存。

一旦環境變得愈來愈不適合居住，人們就會想遷徙到更宜人的地方。當人們發覺不論搬到哪裡，都無法愉快生活時，才有詩的誕生與畫的出現。

創造人世的既非神也亦非鬼，而是周遭的人們。即使凡人創造的人世實在太不適合居住，卻也沒有別的國度可以移居。就算要遷移，也只能遷至非人之國，但非人之國或許比人世還不適合居住。

若無法遷離的人世不宜居，我們就必須加以改善，讓它變得更宜人，讓人類至少能在短暫的生命裡住得更舒服。於是世間才出現詩人這項天職，才出現畫家這份使命。所有的藝術家都擁有穩定社會、豐富人心的力量，所以才顯得崇高。

將不宜人居的煩惱從不宜人居的世間抽離，讓美好世界呈現在人們眼前的，正是詩與畫，或是音樂與雕刻。說得更清楚點，就算不透過書寫與描繪也無妨，只要細心觀察，便能發現詩就在身邊，歌也自然湧現。即使想法沒有寫在紙上，鏗鏘玲瓏之聲也會浮現胸中；即使沒坐在畫架前塗抹顏料，繽紛絢爛的色彩亦能透過雙眼投映在心眼。只要能如此觀察所居住的世界，心中那台照相機也能將污濁俗世拍得清新亮麗，而這樣便已足夠。因此，即使無聲的詩人缺少詩句，無色的畫家沒有畫布，依舊也能觀察人世，從煩惱中解脫，自由出入清淨界，建立一個絕對、唯一的藝術世界，更能將私利、私欲等羈絆一掃而空。從各種角度來看，都比千金之子、萬乘之君，以及所有世俗界的寵兒還幸福。

生活在人世二十年後，我明白這是個值得居住的世界。經過了二十五年，我領悟到明暗恰如表裡，有光必有影。而過了三十年的今天，我則在思索憂因喜深而深，苦因樂大而大的道理。若想與之切割，人將無法生存；若欲將之整頓，世界便無法成立。金錢很重要，但若重要的東西變多，就算在睡夢中也會被憂思纏繞；戀愛令人歡愉，但若歡愉的戀愛經驗增加，反而令人懷念起沒戀愛過的從前；政府閣員的肩上支撐著數百人的腳，背上駝著沉重的國家；看到美味的食物，不吃可惜，但若只吃一些則不滿足，吃了太多又不舒服……

當我的思緒飄到這裡時，我的右腳因踏到一顆不穩的方形石頭而突然踩空。為了保持平衡，我連忙伸出左腳踏穩，並在一顆約一公尺見方的岩石坐下。幸好除了原本掛在肩上的畫具箱從腋下滑出以外，並沒有什麼大礙。

我站起來望向前方，只見道路左邊聳立一座座如倒立漏斗的山巒。不知是杉木或檜木所形成的墨綠森林綴以層層淡紅的山櫻，在濃濃霧靄的籠罩下，模糊了兩者的界線。前方那座高聳的光禿山脈彷彿近在眼前，它的側面有如被巨人以斧頭削去，銳利的平面延伸至谷底。山頂上那棵樹應該是赤松，從這裡就能清楚看見枝幹間的空隙。前方兩百多公尺處就是道路盡頭，假如有條紅色毛毯從高處延伸而來，只要爬上去應該就能抵達那裡吧！因為路面非常難行。

若只是以土填平，並不費事，但土裡夾雜大量石塊，所以即使將土壤壓平，石塊也會突起。就算將石塊敲碎了，遇到岩石也一樣沒輒。沒有一片美景會悠然地出現在平緩的土地上，並為我們闢出一條前往的道路。既然無法直行，只好繞道，但即使是沒有岩石的道路也不易行走。這路的左右兩側較高，中間凹陷，就像有個倒三角形穿過約兩公尺寬的路面，頂點則貫穿路中央。與其說是路面，倒不如以河底來形容更為恰當。反正這本來就不是一趟匆忙的旅程，因此我便悠哉地漫步在這曲折的道路上。

腳邊忽然傳來雲雀的鳴叫聲，我往谷底望去，卻遍尋不著牠的身影，只聽見清澈的鳥鳴。雲雀賣力、忙碌、不間斷地鳴唱，方圓數里的空氣彷彿都被跳蚤咬了似地難耐。鳥兒的啼叫不帶一絲猶豫，聲嘶力竭，似乎不到恬適春日的盡頭絕不罷休，而且那聲音還不斷往上攀升。雲雀一定會死在雲朵裡，但或許也會在升到盡頭時，衝入雲中隨雲朵飄動，而其形體逐漸消失，最後只剩聲音繚繞。

岩石邊有個往右的大轉彎，盲人若走到此處，很可能會不知道該轉彎而掉下去。但往下一望，只見一片油菜花田。我猜想雲雀會不會掉到那裡了？不，說不定會從那片金黃色的田野中飛出。下一隻落下的雲雀會不會與正要飛向天際的雲雀錯身而過，畫出一個十字？不論如何，在落下與飛向天際，或在彼此錯身而畫出十字時，雲雀充滿活力的啼叫聲一定也不會停歇。

春天令萬物昏昏欲睡，貓會忘了捕鼠，人會忘了負債，有時甚至喪失了自我，連自己的靈魂身在何處也忘了。唯有在遠眺油菜花田時，眼睛才會睜開。聆聽雲雀啼叫之際，就能清楚判別自己的靈魂是否存在，而雲雀並非透過嘴巴，而是以整個靈魂在啼叫的，所以在所有透過聲音展現的靈魂活動中，雲雀的聲音是最嘹亮的。啊！真是心曠神怡。這麼想來，詩也讓人感到如此愉快。

我突然想起雪萊[1]那首歌頌雲雀的詩[2]，便試著默出還記得的部分，我只記得兩、三句，但那幾句中包含了這些句子。

We look before and after

我們左顧右盼，

And pine for what is not:

渴求虛無之物；

Our sincerest laughter

我們最真誠的笑容，

With some pain is fraught;

伴隨著幾分痛苦；

Our sweetest songs are those that tell of saddest thought.

我們最甜美的歌曲，傾訴著最悲哀的思緒。

原來就算再幸福的詩人，也無法如雲雀忘卻一切那樣，自由、專心地吟唱出屬於自己的喜悅。除了西洋詩，中國詩句中也經常出現「萬斛愁」這類文字。正因為是詩人，所以

1 Percy Bysshe Shelley，英國浪漫主義詩人之代表。

2 〈To a skylark〉，雪萊的代表作。本書引用的部分為第二十一章第十八節。

才有萬斛之愁；若是常人，也許只需一合，這或許也是因為詩人比較多愁善感，比凡骨還纖細敏銳。他們擁有超脫世俗的喜樂，卻也同時擁有無可計量的悲傷。若真是如此，想成為詩人可得再仔細斟酌一番。

平坦的路面往前延伸，右邊是山，左邊是油菜花田。我的腳下不時踩到蒲公英，鋸齒般的綠葉往四面八方伸展，簇擁正中央的黃色花球。我的視線被油菜花吸引踏了過去，但踩過後，忽然又覺得很對不起它，回頭一望只見黃色花球依然端坐在鋸齒中。我想著，它們還真是怡然自得啊！

詩人或許永遠無法擺脫憂愁，但只要擁有聆聽雲雀歌聲時的心情，就感受不到一絲苦悶；或是望著油菜花，就會覺得雀躍不已。望著蒲公英時也是，而櫻花也——不過不知從何時起，已經很少看見櫻花。只要來到山林間接觸大自然，所見所聞皆充滿樂趣。這裡只有樂趣，沒有苦悶。就算有，也只是身體上的痠痛、或吃不到美味的食物這類微不足道的事。

但是為什麼沒有苦悶呢？因為我將這景色當作一幅畫來觀賞，當成一篇詩來閱讀。既然它是一幅畫、一篇詩，我就不會想買下這片地來開墾，也不想在這裡鋪上鐵路，大賺一筆。因為這片美景——既無法填飽肚子，也無法當作薪水的美景——單單用自己就能持續取悅我的心靈，使我忘卻一切苦悶與擔憂。大自然的力量就是如此尊貴，唯有它能瞬間陶冶我們的性情，帶領我們進入純淨的詩境。

戀愛很美，孝心很美，忠君愛國也很美。然而一旦當自己置身其中，捲入利害關係的漩渦裡，再美再好的事物都將令人盲目，進而無法體悟詩的意境。

若想體悟這些，就必須置身事外。從第三者的角度出發，一齣戲才好看，同樣地小說也是，一個人會覺得一齣戲、一本小說好看，是因為與自己無利害關係，唯有在看戲、閱讀時，才會是詩人。

即使如此，一般的戲劇與小說依然脫離不了痛苦、憤怒、吵鬧與哭泣這些情感，而欣賞的人也在不知不覺中一同經歷了這些感受。雖然這樣子的好處是能置身事外，但正因為如此，情緒起伏才會比平常更大，而這正是我所厭惡的。

痛苦、憤怒、吵鬧、哭泣，這是活在人世所無法避免的情感。三十年來，我也飽嘗這些經歷，並早已厭倦。既是如此，若再從戲劇或小說中反覆體驗相同的刺激，只會更累人。我想要的詩並不是激發情感的東西，而是能讓人產生放棄俗念，遠離塵囂的心情——即使只是暫時的。不論再怎麼優異的戲劇或小說，都不會是遠離是非、超脫情感的作品，它們的特色就是無法脫離塵世，特別是西洋詩，由於以人情事理為本，因此即使是「詩歌的純真」，也無法從中解脫。同情、愛、正義、自由等等，這些浮世商場裡販賣的東西無法解決一切。無論詩人將詩寫得多富詩意，終究只能在地面上四處奔波，連忘記算錢的閒暇也沒有。難怪雪萊在聽見雲雀的鳴叫聲後會如此感嘆。

令人欣慰的是，有些東方的詩歌是能脫離這些的。「採菊東籬下，悠然見南山」，光是透過這兩句詩，就能看見一片彷彿忘卻世俗塵囂的景致。這不是寫偷窺牆垣另一端的女子，也不是嘆他的好友遭貶，而是一種超然脫俗，將利害得失置之度外的心境。而「獨坐幽篁裡，彈琴復長嘯；深林人不知，明月來相照」這短短的二十個字則輕鬆創造出一個別有乾坤的天地，不同於《不如歸》或《金色夜叉》[1]帶來的感受。它讓人在舟車勞頓、周旋於權利、義務、道德、禮義之間而深感疲憊後，還能忘卻一切紛擾安然入眠。

若睡眠在二十世紀是必需品，那麼這種超脫世俗的詩意則更為重要。可惜現在作詩或讀詩的人都受西方影響，因此似乎沒人會特地駕著一葉扁舟去尋找桃花源。我本來就不是以寫詩為業的人，所以也不打算將王維或陶淵明的境界推廣至整個人世。只不過這些樂趣對我而言，遠比戲劇、舞蹈還具渲染力；比浮士德、哈姆雷特更值得珍視。我之所以會像這樣揹著畫具箱與三腳摺疊椅，獨自漫步在春天的山路上，正是因為這樣。我想從大自然中直接感受陶淵明、王維的詩意，即使只有短暫的片刻，也想逍遙於超脫世俗的天地，這或許也算是一種癡狂吧！

當然我也是人，因此不論我多嚮往，終究無法脫離世俗太久。即使是陶淵明，也不可能一整年都在眺望終南山，王維也不是真的不掛蚊帳就睡在竹林裡。我想，他們應該會將剩下的菊花賣給花商，將剛冒出的嫩筍賣給菜販。我也是如此，不論再怎麼喜愛雲雀與油菜花，這份心情也不至於強烈到令我想野宿山中，與世俗脫離。而且即使在這種山裡，也

1 《不如歸》與《金色夜叉》均為明治時代的著名小說，分別由德富蘆花與尾崎紅葉著。

不是完全沒有人煙，也會遇到將衣服下襬塞進腰帶、綁著頭巾的老翁，或是穿紅色腰卷[1]的大姊，有時甚至會遇見臉比人長的馬。即使在百萬棵檜木的圍繞下呼吸海拔數百公尺高的空氣，依然無法去除「人」的味道。不僅如此，另一邊的山腳下就是我今晚要投宿的那古井溫泉[2]。

不過，事情總會依觀點而有所不同。達文西曾對他的弟子說：「聽聽那鐘聲，雖然是同一座，但每個人聽到的聲音卻互有不同。」[3]同樣地，同一名男子或女子在每個人的眼裡也都有不同的形象。畢竟這是一趟為了遠離世俗而展開的旅程，若抱持這樣的心情看人，應該會與住在擁擠小巷時有所不同吧！就算無法完全擺脫世俗的羈絆，但至少在欣賞能樂時，也應該能擁有淡泊的心境。能樂中亦有人情義理，不論是欣賞〈七騎落〉[4]還是〈墨田川〉[5]，我都無法保證絕不落淚，但那只是因為「三分情，七分藝」的技巧。能樂帶給我們的感動並非來自它如實展現的人情義理，而是因其在這份寫實之上，還穿了好幾件名為藝術的衣裳，展現出不存在於人世的從容。

若將這段旅程所發生的事與遇見的人，暫時視為能樂的情節與能樂演員的演技會如何呢？雖然無法將人情義理完全捨棄，但由於這趟旅程的本質便具有詩意，因此在遠離世俗的同時，我也必須盡量節約以達到目標。雖然南山或幽篁不適合我，而我也無法與雲雀和油菜花長伴，但我仍希望能盡量接近原點，如此就能以同樣的觀點檢視人們。那位名叫芭蕉的俳句詩人，竟能視馬兒在枕邊撒尿為雅事，並寫出一首俳句，那麼我也要將接下來遇到的所有人，包括農夫、村民、鄉公所的書記、老爺爺或老奶奶等，全當成大自然描繪出的景色。

與畫中人物不同的是，他們各有不同的行為，但若像一般的小說家去探究那些行為的根本，深入其心，解釋人與人之間的糾葛，未免也太俗氣。這幅畫裡的人可以自由行動，

1　日本女性穿在和服裡的襯裙。
2　虛構的地名，漱石實際上去的地方是熊本縣玉名郡的小天溫泉旅館。
3　達文西《The Notebooks of Leonardo Da Vinci》或梅勒什可夫斯基（Mereschkowski）所著之描寫達文西生平的《諸神復活》第六篇。
4　能樂曲名，作者不詳。
5　即隅田川，世阿彌之能樂作品。

但就算再怎麼動也無法脫離平面。若他們跳出平面，在三度空間活動，就會與我們起衝突，或因利害關係而變得煩人。愈是煩人，看起來就愈不可能美善。

我打算以彷彿自遙遠上方俯瞰的超然心態，來看待接下來將遇見的每個人，讓人情世俗無法在雙方之間流通。這麼一來，無論對方做出何種行為，也難以影響我的心情，因為我只是站在一幅畫前，看著畫中人在畫裡東奔西跑。只要隔著一公尺，就能平心靜氣地看待一切。換言之，因為不受利害關係的影響，便能全心全意地站在藝術的角度來觀察他們的行為，心無雜念地鑑別其美醜。

就在我下定決心的同時，天空忽然變得陰霾。頭頂上去向曖昧的雲層早在不知不覺中崩解，周遭在一片詭譎雲海的籠罩下，降下綿綿春雨。我穿過油菜花田，正走在山巒之間，但濃密如霧的雨點讓我無法判斷距離還有多遠。每當有風吹開高聳的雲層時，我總能看見右手邊灰濛濛的山脊，它的走向似乎與相鄰的山谷平行。左方不遠處便是山腳，在綿密的雨幕中，彷彿有棵松樹正若隱若現。不知是雨在動，樹在動，還是夢在動，總覺得有種不可思議的感受。

這裡的路面意外地變得寬敞且平坦，就算跌倒也不致於骨折，但因為我沒攜帶雨具，所以還是得加快腳步。就在雨水順著帽簷一滴滴落下時，前方約九、十公尺處傳來鈴鐺聲響，一名馬伕從黑暗中悄然出現。

「這附近有沒有可以休息的地方？」

「再往前走約兩公里就有一間茶屋，你全身都溼透了呢！」

還有兩公里啊！就在我回頭時，馬伕的身影有如皮影戲般消失在雨中。

有如米粒大小的雨滴逐漸變大，在風的吹拂下打進我的眼裡。身上的短外套已經溼透，滲進內衣的雨水因體溫而變得溫熱。我覺得不太舒服，遂將帽子壓低，快步前行。

如果將這灰茫茫的世界、無數枝銀箭斜射而下的大地，以及溼漉漉的我全視為旁人，便能形成一首詩或一首俳句。唯有忘卻自我，以客觀的態度來看世界，我才能成為畫中人，並保有自然景物與其美麗之間的和諧。當我擔心雨勢，或將注意力放在疲累雙腳的瞬間，我既不是詩中人，也非畫中人，而是一個市井小民。不懂雲煙飛動之趣[1]，不解落花啼鳥

1　指書、畫之筆勢躍動的樣子。引自杜甫詩〈飲中八仙歌〉中「揮毫落紙如雲煙」一句。

之情[1]，只是寂然獨行於春山中，不知其中的美。最初，我將帽子斜戴而行，後來則是凝視自己的腳背，繼續往前走，最後甚至縮起肩膀，戰戰兢兢地走著。雨水搖晃樹梢，從四面八方逼近孤單的旅人。看來，要脫離塵世似乎已太強求。

二

「有人在嗎？」我叫了一聲，但是沒有回應。

我在屋簷下探頭望向屋內，只見老舊而髒污的紙門緊閉著，看不到裡頭。五、六雙草鞋吊在屋簷下晃呀晃的，令人感到一絲寂寥。下方並排著三個甜點盒，旁邊還散落著五厘錢[2]與文久錢[3]。

「有人在嗎？」我再次喊道。

門內一隅放著一個石臼，穩穩坐在石臼上的雞被我嚇了一跳，睜開眼睛「咕咕咕、咕咕咕」地直叫。門外的土灶因為被雨打溼，有半邊變了色。放在灶上的黑色茶壺看不出來究竟是陶製或銀製，而灶裡還燃著柴薪。

由於無人應門，我只好直接入內，在板凳上坐下。雞拍著翅膀從石臼跳下，接著又跳到榻榻米上。要是紙門沒關上，牠可能會衝進屋裡吧！當公雞「咕咕咕」地粗聲啼叫時，母雞便回以細細的「咯咯咯」，彷彿將我當成了狐狸或狗似的。板凳上靜靜躺著一個約一升大小的菸草盆[4]，裡面的環香彷彿不知時間流逝似的，悠然地飄著煙。雨勢漸漸變得和緩了。

過了一會兒，屋內傳來一陣腳步聲，接著髒污的老舊紙門便軋然開啟，裡頭走出一位老婆婆。

我早就猜到一定會有人出來，因為灶裡的柴還在燒，甜點盒上散落著零錢，香也還在吐著煙。總之一定會有人出來！不過，從主人竟能將自家店面丟著不管這點看來，這裡果

1 指詩。引伸自孟浩然詩〈春曉〉。
2 五厘銅幣。一厘為一圓的千分之一。
3 江戶幕府在文久三年所鑄造之銅幣。
4 放置吸菸用具的托盤或箱子，內有盛裝火種用的容器及盛裝菸灰用的竹筒。

然與都市有些不同。此外，明明無人應門，來客卻還大剌剌地坐在板凳上等，也是二十世紀無法接受的行為，這些脫離世俗常規的事還真是有趣。而且，我很喜歡這位老婆婆的樣貌。

我在兩、三年前曾看過能樂寶生流的《高砂》[1]，當時覺得那真是一幅美麗的活人畫[2]。揹掃帚的老爺爺[3]在橋懸[4]上走了五、六步後，緩緩回頭，轉向身後的老婆婆，他們兩人面對面的模樣至今仍歷歷在目。由於當時我的位置正好能看見老婆婆的正面，因此就在我感嘆真美的瞬間，她的表情便深深烙印在我心中。而茶屋這位老婆婆竟長得與劇中的老嫗一模一樣。

「老婆婆，請讓我在這裡借坐一下。」

「好，您請便，不用客氣。」

「雨下得真大呢！」

「天氣突然變壞，您一定很困擾吧！唉呀您全身都溼透了！我這就去點火，幫您把衣服烘乾。」

「若您能在灶裡多添點柴火，我只要坐在旁邊就能烘乾了。休息了一會兒後開始冷起來了。」

「好，我立刻去添柴。對了，也喝杯茶吧！」

老婆婆起身，發出噓噓聲將雞趕走。這對雞夫婦發出「咕咕咕」的聲音，從深褐色榻榻米跳到甜點盒上，來回逃竄，公雞還趁機在甜點上拉了屎。

「來，喝杯茶。」老婆婆用托盤端了一杯茶過來。深褐色托盤底部印了用一筆勾勒出的三朵梅花。

「吃些點心吧！」她端出被雞踏過的芝麻捲與糯米棒。我檢查了一下甜點上有沒有沾到雞糞，發現雞糞都留在盒裡。

1 世阿彌所做的能樂作品。
2 tableau vivant，由活人於臺上扮演的靜態畫面。
3 此為漱石之筆誤，在寶生流的《高砂》劇情中，應為一名老嫗背著掃帚，回頭望向老翁。
4 能樂中，連接舞台與後台的通道。

老婆婆穿著無袖外套，衣服下襬全綁在背後，在灶前蹲下。我從懷裡拿出寫生簿，一邊畫著老婆婆的側臉，一邊和她說話。

「這裡真安靜。」

「對啊，如您所見，這裡是深山嘛！」

「黃鶯會叫嗎？」

「嗯，每天都會叫。這裡黃鶯連夏天都會叫呢！」

「好想聽聽看啊！因為從來都沒聽過，所以更想聽。」

「真不巧，因為剛才那場雨牠們可能全都飛走了。」

就在此時，灶裡忽然發出劈哩啪啦的聲響，赤紅的火焰隨風竄起，火舌約有三十公分高。

「來，過來這兒取取暖。您一定很冷吧！」老婆婆說。

我朝屋簷望去，青煙在碰到頂端後便慢慢消散，只留下些微痕跡。

「啊，好舒服。托您的福，我總算又活過來了。」

「正好雨也停了，您看！看得見天狗巖了。」

山裡的暴風看似沒耐性地吹拂著總是陰晴不定的春日天空。風吹過以後，前方那座山的一角便立刻放晴，露出一根彷彿只經約略削飾的柱子，巍巍聳立在老嫗所指的方向的，便是天狗巖。

我眺望天狗巖，接著看向老婆婆，最後將兩者加以比較。身為畫家的我，腦海裡只有兩種老婆婆的臉，一是高砂的老嫗，一是蘆雪[1]所畫的山姥。當我第一次看到蘆雪的畫作，便深深感受到真正的老嫗就該是如此，讓人不禁思索要她立於楓紅中？抑或寒月下？在觀賞寶生的別會能[2]時，我則是因為發現原來老嫗也能有這麼溫柔的表情而大感驚訝。我想那張面具一定是出於名家之手，只可惜沒能問出作者是誰。另外，那老翁看起來也是那麼滿足、沉穩與溫暖。無論是搭配上金屏風、春風或櫻花，都非常適合。而比起天狗巖，我

1 長澤蘆雪，江戶中期的畫家。以嚴島神社的山姥圖最著名。

2 指在春季與秋季舉辦的臨時能會，有別於每月定期舉辦的例會。

更覺得身穿無袖外套，挺直腰桿，一手舉在額前遮光，一手遙指遠方的老婆婆，更適合作為春天山路上的景物。於是我拿出寫生簿準備畫她，但就在這一瞬間，老婆婆的姿勢變了。

我只好將無用武之地的寫生簿靠近灶火，將它烘乾。

「老婆婆，您看起來真硬朗啊。」

「是啊！真慶幸我還這麼健康。能拿針線、紡苧麻，也能磨米、裹糯米糰粉。」

我頓時好想看看這位老婆婆推動石臼的模樣，不過這種請求我當然說不出口，於是我問了別的問題。

「這裡距離那古井不到四公里吧？」

「只有五十公尺。您是專程來泡溫泉的？」

「若人不多，想住個幾天，不過還是要看心情而定。」

「自從開戰後，這裡就很少人來了。簡直就像已經休業似的。」

「是嗎？這樣說不定不讓人住宿了？」

「不會的，只要您想住隨時都可以。」

「那裡只有一間旅社嗎？」

「沒錯，您只要問志保田家在哪，就會有人告訴您。志保田是村裡的大財主，那古井不知道是他的療養溫泉池，還是他的隱居地……」

「所以就算沒客人也沒什麼關係嘛！」

「您是第一次去？」

「不，我很久以前曾去過一次。」

對話到此中斷。我打開寫生簿，靜靜描繪剛才的雞，忽然一陣「叮鈴叮鈴」的馬鈴聲傳進我耳裡。這聲音自己產生節奏，在我腦中形成一種曲調，感覺就像在夢中聽到的，身旁的石臼發出的聲音。我停下畫筆，在同一頁的一角寫上：

春風中，馬鈴聲傳入惟然[1]之耳

1 廣瀨惟然，江戶前期的俳句作家，為松尾芭蕉之門人。

上山後，我遇見五、六匹馬。這幾匹馬皆配有馬鞍，並掛著鈴鐺，看起來一點也不像現代的馬。悠長的馬伕之歌，劃破晚春的空山之夢。哀憐的深處迴盪輕鬆的聲響，不論如何想，都有如描繪於畫中的聲音。

春雨之中，馬伕唱著歌謠，越過了鈴鹿山[1]

我又斜斜地寫下這幾句，但寫著寫著卻發現這根本不是我的俳句。

「又有人來了。」老婆婆喃喃自語似地說。

那是一條沒有分岔的春日小路，附近人們無論出門或返家都會經過。剛開始遇見的那五、六匹發出叮鈴聲的馬兒，是否也在這位老婆婆心中想著「又有人來了」之際上、下山？在這個貫穿寂寥小徑與古今春天，沒有一寸土地能讓厭花之人立足的小村莊裡，老婆婆究竟從多少年前就不斷數著叮鈴聲，直到白髮蒼蒼的今日？

在馬伕的歌聲中，白髮依舊，春日也將盡

我在次頁寫下這些句子，但總覺得還少了點什麼，無法完全表現出我想表達的情感，於是我凝視著鉛筆筆尖想著。正當我思索該如何將「白髮」二字與「多少歲月」加入，以「馬伕之歌」為題，再加入春天的感覺，濃縮成十七個字時……

「妳好。」真正的馬伕在店門口停下來，大聲地喊。

「唉呀，是源先生！你又要去城裡了嗎？」

「如果有什麼想買的東西，儘管告訴我。」

「這樣啊……如果你有經過鍛冶町，請幫我到靈嚴寺拿一個護身符給我女兒。」

「好，我會去拿。一個是吧——阿秋小姐嫁到了一個好人家，真是幸福！妳說對不對呀，大嬸？」

1 此為模仿正岡子規作品〈馬子唄の鈴鹿上ゐや春の雨〉之句。

「幸好到目前為止都過得很好。或許可以算得上是幸福吧！」

「當然算，只要和那古井的小姐比一比就知道了。」

「真是可憐！枉費她長得那麼標緻。她最近身體好一點了嗎？」

「還是老樣子啊。」

「真是糟糕。」老婆婆深深地嘆了一口氣。

「就是啊！」源先生說，並摸了摸馬的鼻子。

從天空遙遙落下的雨滴，原本寄身於山櫻花茂密的葉片與花瓣上，但此刻在風的吹拂下，一動一滑，便自暫時的居所滾落，發出滴答聲。馬兒嚇了一跳，上下晃動牠那長長的鬃毛。

「嘿！」源先生斥責馬兒的聲音與叮鈴聲響，將我從冥想中拉回現實。

老婆婆說：「源先生，她當新娘子的模樣，我現在還記得一清二楚呢！下襬有花紋的振袖和服[1]，高島田髻，乘著馬……」

「對啊！她不是乘船，而是騎馬。大嬸，我記得當時她也有在這裡休息吧？」

「是啊！當小姐的馬停在那棵櫻花樹下時，櫻花正一片片飄落，把她那頭梳得漂漂亮亮的島田髻弄得都是花瓣。」

我再次打開寫生簿。這情景不只可以繪成一幅畫，也可以寫成一首詩。我在心裡想像著新嫁娘的風姿與當時的情景，寫下：

落花時節，馬背上的新娘更顯尊貴

令人不可思議的是，雖然服裝、髮型、馬兒與櫻花都能清楚地浮現腦海，但唯獨新娘的容貌卻無法想像。就在我思索著到底是這張臉，還是那張臉時，米雷[2]所畫的奧菲莉亞（Ophelia）忽然浮現腦海，分毫不差地嵌在高島田髻下。我心想，這怎麼行！於是連忙將這畫面抹去——一瞬間，服裝、髮型、馬兒與櫻花都從心頭消失，只有奧菲莉亞合掌浮

1 未婚女性穿著的長袖和服。
2 John Everett Millais，一八二九至一八九六年，拉斐爾前派的英國畫家。

在水面上的模糊姿容，始終殘留在我心底，給人一股不爽快的感覺，就像天空中拖著尾巴流逝的慧星。

「那麼，我先告辭了。」源先生說。

「回來時請再來坐坐。大雨過後，那條彎彎曲曲的路應該更難走了吧？」

「是啊，走得很辛苦。」源先生邁開腳步，他的馬也邁開腳步，叮鈴叮鈴地。

「那位是那古井的人嗎？」

「是的，他是那古井的源兵衛。」

「他是不是曾讓哪家的新娘子騎在馬上，越過山頭？」

「志保田家的小姐要嫁進城裡時，是騎在白馬上去的，而幫她牽韁繩的人就是源兵衛。時間也過得真快，轉眼已經快五年了。」

只有在鏡子前才會感嘆頭髮都已斑白的人其實很幸福；屈指一算才發現五年光陰有如白駒過隙的老婆婆，則是最接近仙人的凡人。

「她一定很美！要是當時我也在場就好了。」

「哈哈哈，現在也見得到呀！只要您去泡溫泉，她一定會出來接待您的。」
「她現在在娘家？不過我想看看她穿振袖和服、梳高島田髻的模樣。」
「您可以拜託她，請她穿給您看。」
我心想怎麼可能？但老婆婆的神情卻認真無比。話說回來，在這段遠離世俗的旅程中，要是沒這種事就不有趣了。
「小姐與長良少女[1]很像喔！」老婆婆說。
「妳是說長相嗎？」
「不，是她的遭遇。」
「這樣啊……長良少女是怎樣的人呢？」
「聽說從前這村裡的耆老有個很漂亮的女兒，大家都叫她長良少女。」
「哦。」

1 「長良少女」一詞出自《萬葉集》第八卷。「長」取自日文「長老」，意為耆老，「良」在日文中有美好之意。

「但有兩個男人同時愛上那個女孩。」

「原來如此。」

「女孩為此煩惱不已，不知該接受誰，最後她誰也不要，邊詠唱著『每當秋至芒草結露，而我也如露珠在轉瞬間消逝』，然後投河身亡。」

我萬萬沒想到，竟然能在這深山窮谷中聽見一位老婆婆以典雅的文字，訴說如此典雅的故事。

「從這裡往東走五百多公尺，就能看見路旁有座供養長良少女的五輪塔[1]。您可以順道去看看她。」

我暗自下定決心，絕對要去看一看。老婆婆接著又說：

「那古井的小姐也為兩名男子所擾。一位是小姐到京都求學時認識的，另一位則是住在城裡的大財主。」

「喔？那小姐最後接受誰？」

「她很希望能與京都那男子在一起，但可能基於某些理由，最後是在父母的強迫下，委身於城裡的那位財主。」

「幸好她不用投河自盡。」

「可是對方是因為看上她的美貌才娶她的，雖然對她很好，但畢竟不是心甘情願地嫁進去的，因此夫妻倆的關係似乎不太好，親戚們也都很擔心。後來因為這場戰爭，讓小姐夫婿原本工作的銀行倒閉，於是小姐便回到那古井，但大家都說小姐這麼做很不合情理、也很無情。小姐的個性非常內向、溫柔，可是最近源兵衛每次來都說，小姐的脾氣變得很暴躁，讓他十分擔心……」

聽到這裡，我原有的興致全被破壞殆盡，感覺就像在快成仙時，忽然有人跑來說「把羽衣還來」[2]。我走過蜿蜒崎嶇的小路，好不容易才來到此地，要是如此輕易地被拉回俗世，這次飄然離家就沒價值了！因為這種閒話聽多了，俗世的臭味便會從毛孔滲入，形成污垢，讓身體變得笨重。

1 以代表地、水、火、風、空等五輪之石堆疊而成的紀念碑或墓碑。

2 根據能樂《羽衣》之劇情所做的比喻。

「老婆婆，通往那古井的路只有一條吧？」我將一枚十錢硬幣丟在板凳上，站了起來。

「從長良的五輪塔往右邊的下坡走，就是捷徑，距離大約六百多公尺。路況雖然不好，但您還年輕，應該不會有問題——這些茶水錢太多了——路上小心，請慢走。」

三

昨晚有股奇妙的感覺。

我抵達旅社時，已經是晚上八點多了。別說是建築的大小還是庭院的設計，就連東西南北我也分不清楚。一名女侍領我經過一個類似迴廊的地方，將我帶入一間約六張榻榻米大小的房間，這和我之前來的時候完全不一樣。我吃過晚餐、泡過溫泉，正回到房裡喝茶時，女侍便來詢問：「需要鋪床嗎？」

令我感到奇怪的是，從我到旅社開始，包括最初的接待、準備晚餐、帶我去溫泉，以及鋪床等事，全都是由這名女侍負責，而且她都不怎麼開口說話。還有，她的氣質一點也不像鄉下人。她手持綁有紅色細繩、古色古香的紙燭[1]，帶我在一個又像走廊、又像階梯的地方繞來繞去。當她帶我去溫泉時，仍是拿著同樣的紙燭，帶著我在同樣分不出是走廊還是樓梯的地方，不斷往下走。此時，我覺得自己似乎正在畫中走動著。

她將晚餐送來時說，「最近沒什麼客人，所以其他房間都沒打掃，因此要請您將就一下這間平常就在使用的房間」。後來鋪床時，她像一般人一樣說「請好好休息」後便離開，但當她的腳步聲順著那條曲折的走廊逐漸遠離後，周遭只剩一片死寂，毫無人煙的感覺讓我很不自在。

從出生至今，我只經歷過一次這樣的經驗。以前我為了從館山前往房州，曾沿著海邊從上總步行至銚子。當時的某個晚上，我投宿於某處。除了「某處」之外，我實在找不出別的說法，因為我已將那地方和那間旅社的名字忘得一乾二淨。更重要的是，我連自己到底有沒有投宿都不確定。那間偌大的旅社裡只有兩位女子，當我問「能住一晚嗎？」年紀較大的那位女子回說「可以。」年輕的那位則說「請跟我來。」

1 將浸過油的紙捲成長條狀並點火，用來作為照明之物。

她帶我走過好幾間早已荒廢的大房間，最後把我帶到一樓最裡面的房間。我爬上三階樓梯，準備從走廊進入房間時，垂在屋簷下的一叢修竹在晚風的微微吹拂下，從肩膀撫上我的頭，令我不禁感到一陣涼意。我見地板早已腐朽，便說：「說不定明年竹筍就會穿破地板，房裡全長滿了竹子。」然而年輕女子什麼也沒說，只是笑著離開。

當晚，那叢竹子一直在我枕邊沙沙作響，使我無法入眠。我打開紙門，只見庭院是一片草原。我就著夏夜的月光環顧四周，發現四周沒有任何牆垣，只有一望無際的山丘，而山丘的另一邊就是大海，浪濤發出轟隆巨響來威嚇這人世。直到黎明我都沒怎麼闔眼，只是在詭異的蚊帳裡忍耐，覺得這簡直像出現在《草雙紙》[1]裡的情節。

之後我也繼續到處旅行，但這樣的感受再也沒出現過，直到今晚投宿於那古井。

仰臥的我睡著睡著，不經意地睜眼一看，發現氣窗上掛著一個邊框塗了紅漆的匾額。雖然當時我已入睡，卻仍可清楚看見匾額上寫著「竹影掃階塵不動」[2]，甚至連落款「大徹」二字也看得一清二楚。在書法方面，我雖沒有鑑識能力，但生平非常喜愛黃檗[3]的高泉和尚的筆墨。隱元[4]、即非[5]與木庵[6]的字體雖也各有其趣，但高泉的字卻是最蒼勁雅致的。

眼前這七個字，不論是筆觸或運筆手法都酷似高泉。然而，落款既然寫著「大徹」，應該就表示作者另有其人，說不定黃檗派中就曾有位名為大徹的僧人。而且紙的顏色看來還非常新穎，怎麼看都像是最近的作品。

我轉身側躺，看見壁龕裡掛著若沖[7]所畫的鶴圖。由於職業的關係，我一踏進房間看到它時，就已認定它是一件逸品。若沖的作品大多色彩精緻，但這隻鶴卻完全不拘泥世俗地一筆繪成。牠以單腳站立支撐橢圓形軀體的模樣，看起來十分得意，自由奔放的感覺籠

1 江戶時代的通俗讀物，附有插圖，內容多為虛構故事或怪談。
2 語出中國明末儒者洪應明之《菜根譚》。
3 即黃檗宗，禪宗臨濟派的分派之一。
4 江戶前期黃檗派的歸化僧，黃檗三筆之一。
5 明朝的僧侶。
6 黃檗派的禪僧。
7 指伊藤若沖，江戶中期的畫家。

罩全身，直至長長的鳥喙末端。壁龕旁是一個有門的櫃子，看起來很普通，但我不知道裡面放了哪些東西。

我沉沉睡去，進入夢鄉。

長良少女穿著振袖和服，騎著白馬。等她一越過山頭，便突然出現兩個男人從兩邊拉扯她。少女忽然變成奧菲莉亞，攀上柳樹躍入河中，一邊漂流一邊用甜美的聲音唱歌。我想救她，所以拿起一根長竹竿，沿河岸追在她身後。少女看起來沒有絲毫痛苦，只是笑著唱歌，隨波逐流，我則扛著竹竿大喊：「喂！喂！」

這時候我醒了過來，腋下流了許多汗，這個夢還真是雅俗混淆啊。據說宋朝有位大慧禪師，他在悟道後雖然事事皆能隨心所欲，但俗念卻經常出現夢裡，讓他困擾良久。這是當然的，以文藝為生命的人若不作些美夢，其作品就不會有影響力。我邊想著這些夢大概都無法成為詩畫，邊翻了個身。不知不覺中月光照在紙門上，映出兩、三根樹枝的斜影。真是個寒冷徹骨的春夜。

或許是我多心吧，我似乎聽到有人在低聲吟唱。我側耳傾聽，不知是夢中的歌聲穿透夢境來到人間，還是現實世界的歌聲被捲入遙遠的夢之國度。真的有人在唱歌！那聲音又細又沉，在即將入眠的春夜裡微微鼓動。奇妙的是，曲調雖聽不清楚，但歌詞卻聽得分明——明明那個人不是在我的枕邊唱歌。那歌聲似是長良少女正反覆吟唱「每當秋至芒草結露，而我也如露珠在轉瞬間消逝」。

起初那聲音聽起來像在外廊附近，但漸漸變得愈來愈細、愈來愈遠，然後戛然而止。雖然有些突然，卻也不怎麼覺得遺憾。人在聽見驟然而止的聲音時，心中會產生突兀感，但這種自然不間斷地漸弱，最後必然消失的現象中，我的寂寞與不安也一分一秒地消逝。有如行將就木的病人，又像即將熄滅的燈火，讓人心煩意亂地想著「要停止了嗎？要停止了嗎？」的歌曲背後，藏著薈萃全天下春日悵恨的曲調。

我始終耐著性子在被窩裡聆聽，明知那是誘騙，卻仍想去追逐那漸微的歌聲。聲音愈細小，就愈有想化身為耳，飛去追隨它的衝動。就在我發現無論多麼心焦，鼓膜也接收不到任何聲音的那一瞬間，我再也忍耐不住。我離開被窩，拉開紙門，月光斜斜灑在我膝下，搖曳的樹影也映在睡衣上。

拉開紙門時我還沒注意到，但當我發現音源的方向時，她就在對面——一個朦朧的影子在一棵看似海棠的樹下，背對樹幹彷彿想躲開陌生的月光。我根本還沒有意識到「就是她」，黑影就已踩著海棠花的影子往右一閃而逝。而位在我房間隔壁的那棟建築正好遮住了那個行動敏捷、身材高挑的女子的身影。

我穿著旅社提供的浴衣，手扶紙門，茫然佇立在門邊好一會兒，最後總算回過神，驚覺山中春寒料峭，便先回到被窩裡。我從枕頭底下拿出懷錶，已經一點十分了。接著把懷錶塞回枕頭下開始思索，那絕不是妖魔鬼怪，那就是人類，如果是人類的話還是個女人。搞不好是這家的小姐，但一位回娘家的女子竟在半夜三更跑到山丘相連的庭院裡，也太不恰當了吧。但我依然睡不著，連枕頭下的懷錶都在滴答滴答地說話。我從不曾注意過懷錶的聲音，然而就在今晚，它似乎在催促我：「快想吧！快想吧！」又對我提出忠告：「別睡！別睡！」真是奇怪。

遇到恐怖的事物時，若能單純地欣賞它的恐怖之處，它也能成為一首詩；遇見令人驚訝的事物時，若能超脫自我，單純地想著它的過人之處，它也能成為一幅畫。失戀之所以能成為藝術題材也是相同的道理。就是因為忘卻了失戀的痛苦，並以客觀的角度來看待那些甜蜜、那些令人同情、或是令人憂傷的地方，也就是客觀地去看那些充滿失戀之苦的部分，才能成為文學、藝術的題材。有人喜歡製造根本不存在的失戀，自找煩悶，藉以貪圖愉快，卻被常人說是愚昧，抑或瘋狂。然而我覺得，從藝術角度來看，自己描繪出一個不幸的輪廓，然後生活在其中的行為，與自己刻畫一幅虛構的山水，在壺中天地欣然自喜是完全相同的。從這點看來，世上不知有多少藝術家在身為一名藝術家（身為一個常人時又是如何就不得而知了）時，比常人還愚昧、瘋狂。

當我穿著草鞋四處旅行時，雖然從早到晚都在抱怨很辛苦，但在對人提起自己遊歷過的地方時，絕不露出鬱鬱不平的樣子。除了有趣的、愉快的經歷，就連對過去的種種不滿，也會得意地滔滔不絕。這並非自欺欺人，而是因為我抱持常心旅行，卻以詩人的態度訴說旅遊經驗，因此才會出現這種矛盾。這麼一來，倘若這是個四角世界，住在磨掉名為「常識」一角而形成的三角世界裡的人，便可以被稱為藝術家。

因此無論是自然或人事，在俗眾難以接近之處，藝術家總能見到無數琳瑯、無上寶璐[1]。俗眾稱此為「美化」，然而這並不是美化，燦爛的光彩原本就實際存在於這個世界，只是俗眾的心眼被煩惱蒙蔽而無法開悟。因為俗世的牽絆與榮辱得失時時刻刻逼迫著我們，所以直到泰納[2]畫出火車，我們才瞭解火車的美，直到應舉[3]繪出幽靈，我們才懂得幽靈之美。

若我剛才所見的黑影只是一種現象，那麼無論由誰來看、由誰來聽，都會帶有富饒的詩意。孤村溫泉、春宵花影、月前低吟、暗夜身影——這些全是藝術家的好題材。看著眼前這些絕佳題材，我不禁陷入無謂的論述與探究，難得的意境被道理破壞殆盡，求之不得的雅趣也被詭異氛圍踩碎。這樣的我還說什麼遠離俗世，再不多做些修行，我根本沒資格對人吹噓自己是詩人或畫家。我曾聽聞義大利有位名叫薩爾維特·羅薩[4]的畫家，他一心想研究盜賊，於是冒險混入山賊中。既然我已帶著寫生簿飄然離家，當然也得有那樣的覺悟，否則實在可恥。

該如何才能回到充滿詩意的立足點？只要將自己的感覺擺到面前，然後退一步、冷靜下來，作壁上觀即可。所謂的詩人，有義務解剖自己的屍體，並將病狀昭告天下，而實踐這項義務的方法有很多，其中最簡單的，就是信手拈來十七個字，將之拼湊。從詩的型態來看，十七個字是最輕便的，無論是洗臉、上廁所或搭電車的時候，都能輕易完成。「十七個字很簡單」意謂著「人人都能成為詩人」，所以也沒必要以侮蔑的心態將其解釋為「成為詩人是一種頓悟，因此很簡單」。越是簡單功德越大，因此反而更值得尊重。這麼說吧！假設我現在有點生氣，我要將生氣的情緒立刻轉化為十七個字。在我思索這十七個字之際，我的憤怒其實已經變成別人的。一個人無法同時生氣，又同時寫俳句。我流淚，將淚水化為十七個字，於是心情隨即變得愉快。在淚水纏繞十七個字之時，痛苦的眼淚早已遠離，而我也會因為自己是個有血有淚的人而感到高興。

1 琳瑯及寶璐，皆指美玉。
2 泰納，Joseph Mallord William Turner，一七七五至一八五一年，英國風景畫家。
3 一七七三至一七九五年，江戶時代後期畫家。
4 羅薩，Salvator Rosa，一六一五至一六七三年，身兼畫家、詩人與歌手。

這便是我一生的主張。今晚我也打算實行這個主張，於是躺在被窩裡，將剛才那件事化為字句。倘若想出句子後卻沒寫下，就會變得怠惰，再加上這是一次謹慎的修行，因此我打開寫生簿放在枕邊。

我寫下「抖落海棠上的露水，拂去狂亂之心」。閱讀之後發現，它雖然算不上有趣，卻也不算太差，接著我又寫下「花之影，女人之影，皆為夢幻」，雖然很切合事實，卻沒什麼特別。我告訴自己，靜下心來慢慢寫即可，然後我便做出「正一位[1]化身女子，月色朦朧」之句，感覺卻像狂句[2]，連自己看了都覺得好笑。

我覺得這樣還算順利，於是更積極將浮現在腦海的句子全寫下。

夜半時分，春之星斗灑落，髮簪閃爍
春夜空中的雲朵，溼潤的黑髮，皆在月光下清晰可見
春宵中，可見吟唱歌謠的女子風姿
海棠花的精靈在月夜顯現

四季之歌在春月下，忽遠忽近
思緒戛然而止，黎明將至，我獨在春天中

寫著寫著，我竟漸漸感到睏倦。

「恍惚」或許是形容此刻的最佳詞彙。在熟睡時，任誰都無法認清自我；在清醒時，任誰都無法忘卻外在，這兩者之間只隔一縷幻境。若說我是清醒的，卻又太過朦朧；若說我在睡夢中，卻又稍嫌清醒。這狀態彷彿將夢境與現實兩界盛裝在同一只瓶子裡，並以詩歌為畫筆不斷攪拌，讓自然的色彩暈染在夢境前，將真實的宇宙推進彩霞的國度，藉著睡魔之手，使現實中所有稜角變得圓滑，讓我那微弱的脈搏與更柔和的乾坤互相貫通。如同想飛卻無法離開地面的煙霧，我的靈魂也被困在軀殼中，無法離開。想脫離，卻又躊躇；

1 指稻荷大明神，即狐仙。
2 以俳句的形式所創作之滑稽短句，在江戶後期十分流行。

留下後，卻又想脫離。最後，這個名為靈魂的個體終究無法維持原狀，只能隨肉眼看不見的氣體四處飄散，依依不捨地纏繞在四肢五體裡。

正當我逍遙於半夢半醒之間時，房門忽然打開，門口出現一個如夢似幻的女子身影，但我並不覺得驚訝，也沒有恐懼，只是自在地眺望她。用「眺望」這個字眼來形容或許太過強烈，但那是因為，那女子的身影是從我閉上的雙眼中擅自溜出的。那幻影靜靜走進房間，彷彿乘浪而來的仙女，沒有在榻榻米上發出一丁點兒聲響。由於這是我闔上眼所見的世界，因此我只能大概猜測她應該是皮膚白皙、秀髮濃密的女子，後頸髮際處的頭髮很長。這感覺就像最近的一種流行，將模糊的照片透過燈火來看。

幻影在櫃子前停下，櫃門打開了。她白皙的手臂伸出袖口，在黑暗中閃閃發光，接著櫃門又關上。榻榻米上的波浪將幻影送回，房門也自動關上。我的睡意逐漸濃厚。人死後還沒轉世成牛或馬的途中，大概就是這種感覺吧！

我不知道自己在非人非畜的狀態下睡了多久，當我聽見耳邊傳來女子「嘻嘻」的笑聲時，睜開眼發現夜幕早已收起，四周一片光亮，和煦的春光灑在圓窗上，照亮染黑的竹製窗櫺，令人感覺這世上似乎沒有讓怪事躲藏的餘地。神祕大概已抵達三途川[1]的對岸，回到極樂淨土了！

我穿著浴衣前往浴場。大約有五分鐘的時間，我都只是漫不經心地泡在溫泉裡。我不想洗澡，也不想出去。重要的是昨晚為什麼會有那種感覺？彷彿天地在晝夜交替處翻了個觔斗似的，奇妙至極。

我連將身體擦乾都覺得麻煩，便溼漉漉地離開了浴場。當我從內側打開浴場的門時，又被嚇了一跳。

「早安。昨晚睡得好嗎？」

這句話幾乎是在我打開門的瞬間就傳入耳裡。我根本沒料到有人在外面，因此沒能立刻回答她。在我還沒來得及開口前她又說：「來，請穿上這個。」並繞到我身後，為我披上一件柔軟的衣服。我好不容易擠出一句「謝謝」並轉向她時，她已往後退了兩、三步。

1 佛家認為死後第七日須渡過之河。

從古至今，小說家必定會極力描寫主角的容貌。若將古今中外所有用來描述佳人的詞彙列出，字數也許不輸大藏經[1]。若要從這數量龐大的形容詞中，挑一些出來形容眼前這名與我相隔三步、側身、看似愉悅地用眼角注視我的驚愕與狼狽的女子，我不知道詞彙的數量會有多驚人。我活了三十餘年，在今日之前都未曾見過這樣的表情。

根據藝術家的說法，希臘雕刻的最高理想便是回到「端肅」二字。我認為，所謂的端肅就是一種蓄勢待發的姿態。一旦動作了，沒人知道究竟會是行雲流水或雷霆萬鈞，正因這些無法看透的部分充滿縹緲餘韻，其含蓄的意趣方能流芳百世。世上多少尊嚴與威儀都隱藏於這湛然的可能性，只要一動就能顯現；一旦表現出來，就會是一、二、三流。雖然無論何者都各有其特殊之處，但既然成了一、二、三流，就已是了無遺憾地展露拖泥帶水之醜陋，無法回到最初圓滿的姿態。因此只要是以「動」為名之物，必然屬於下等。運慶的仁王像[2]與北齋[3]的漫畫，都因「動」而敗。動乎？靜乎？這是支配畫家命運的一大問題。自古以來對美人的形容，應該也可歸至這兩大範疇。

然而望著這女子的表情，我卻無法判斷該將她如何歸類。緊抿成一直線的雙唇是靜；

能看清一切細微動作的眼睛是動。她有張下顎圓潤的瓜子臉，看來相當沉穩，但窄額上卻有美人尖之俗豔。她的眉宛如從兩邊往內擠，眉心彷彿點了數滴薄荷似地不斷顫動，似乎十分焦慮。她的鼻子既不尖得輕薄，也沒圓得遲鈍。若將她繪為畫中人，一定很美。就因為她各有優缺的五官同時亂舞至我的眼中，所以我才頓時無法做出判斷。

原本靜止的大地忽然塌陷一角，整個大地於是動了起來。大地很清楚「動」與自己的本性相悖，因此努力想回到從前的姿態，但它早已失去平衡，長久以來一直被迫運動。時至今日，大地早已絕望，甚至可說是勉強自己去動——倘若真有這種情形，那麼這正是對這女子最貼切的形容。

因此在她輕蔑的眼神深處，似乎也看得見懇求的表情；在瞧不起人的輕率背後則透露出謹慎的態度；在恃才傲物、即使面對百名壯丁也談笑自如的氣勢下，竟有溫雅的柔情湧

1 佛教經典的總稱，共有一萬一千九百七十卷。
2 此指鎌倉時代著名佛像雕刻師運慶所刻的仁王像。
3 葛飾北齋，一七六〇至一八四九年，江戶後期的浮世繪畫家。

現。不論怎麼看，在她臉上都找不到一致的表情，彷彿對立的曉悟與迷惘住一個屋簷下。這女子沒有一致感的容貌表示了她內心的不和諧，而這也許是因為她的世界充滿矛盾吧！她的表情就像在訴說她雖然受到不幸的打壓，卻又拚命地擊倒不幸。她絕對是個不幸福的女人。

「謝謝妳。」我再次說道，並微微鞠躬。

「您的房間已經打掃好了，請您去看看。稍後見。」

語畢她翩然轉身，往走廊快步離去。她的頭髮梳成銀杏頭，髮髻之下可見白皙的後頸，腰帶上的黑緞似乎只有單側。

四

我茫然地回到房間，發現房裡已被打掃得相當乾淨。由於我仍有些介懷，為了保險起見便打開櫃子的門看看。櫃子下方擺著一個小竹箱，一條友禪染[1]腰帶從箱口垂下一半，這表示有人匆忙拿出衣物，並倉促離開。腰帶上半部被壓在鮮豔華麗的衣服下而無法得見。

櫃子另一邊則塞了好幾本書，最上面一本是白隱和尚[2]的《遠良天釜》[3]與一卷《伊勢物語》[4]。看來昨晚的幻覺或許是事實。

我隨意地往坐墊一坐，發現我那本寫生簿還夾著鉛筆，慎重地放在紫檀木桌上。我突然想看看自己昨晚寫下的俳句在白天看起來會如何，便拿起了寫生簿。

不知是誰在「抖落海棠上的露水，拂去狂亂之心」的下方，寫下「抖落海棠上的露水，烏鴉於清晨啼叫」一句。因為是用鉛筆寫的，因此看不出書體為何，若是女性則太過剛硬，若為男性，卻又太過柔弱。接著我又不禁驚呼，因為下一句「花之影，女人之影，皆為夢幻」下，寫著「花之影，女人之影，是否錯看」；「正一位化身女子，月色朦朧」之下則寫著「御曹子[5]化身女子，月色朦朧」。這不知是在模仿，還是修改？是以文會友，還是

1 指染有花鳥等華麗圖案的絲綢。
2 一六八五至一七六八年，江戶時代臨濟宗的高僧。
3 即寬延四年（一七五一年）刊行的《白隱髮話集》第三卷，也寫成「遠羅天釜」。
4 伊勢物語，平安時代初期的歌謠故事，作者不詳。
5 本指名門子弟，此處應指源義經，一一五九至一一八九年，為平安時代末期武士。

瞧不起人？我不禁歪著頭，百思不解。

她剛才說「稍後見」，所以稍晚用餐時她或許會再出現？既然如此等她出現後，事情應該就會比較明朗吧！我想知道現在幾點於是看了看錶，發現竟然已經十一點多了。我睡得還真久！這麼一來，只吃午餐或許對胃比較好。

我打開右側拉門，尋找昨晚的餘韻。我判斷為海棠的那棵樹確實是海棠，但院子卻比我想像中小了許多。鋪在地上的五、六枚石板已被青苔掩埋，若赤腳踩上去一定很舒服。院子左方是一座連著山的懸崖，崖上那棵赤松從岩石之間斜斜伸向庭院上方。海棠後面有個草叢，再過去則是一大片籠罩在春光下的翠綠竹林。院子右方雖被房屋遮住而看不見，但從地勢推敲，應該是斜斜往下通往浴場。

高山的盡頭是緩丘，緩丘盡頭則是一片綿延約三百公尺的平地；平地延伸向海底後，在六十多公里外再度隆起，形成周長約二十四公里的摩耶島，這便是那古井的地勢。這間溫泉旅社是一幢位在緩丘山腳、靠近山崖的獨棟建築，庭院納入了懸崖的大半景色。因此正面看來雖是二層樓，但後半部卻是平房，只要將腳伸出外廊，便能踩到青苔。難怪昨晚我會覺得這棟房屋的構造很奇怪，怎麼老是在上上下下地爬樓梯。

接著我打開左邊的窗戶，一塊約兩張榻榻米大小的岩石上方有個自然形成的凹陷，山櫻花的身姿正靜靜倒映在凹陷處的積水水面上，三、兩棵山白竹妝點著岩石一隅，另一邊則是一排枸杞植成的樹籬。樹籬外是一條背山面海、從海邊通往緩丘的道路，路上偶爾會傳來人聲。路的另一頭往南延伸，一路上種著橘子，山谷盡頭又是一大片閃耀白光的竹林。我第一次知道原來從遠處眺望，竹葉竟會閃耀著白光。竹林上方是一座長有許多松樹的山，紅色樹幹之間有道五、六級的石階，石階上去大概是寺廟吧！

我拉開房門，走到外廊。欄杆在中庭圍成一個四方形，隔著中庭的對面就是前棟二樓的房間。根據方位來看，從那裡應該能看見海。我住的房間也一樣，若是倚著欄杆，便與二樓同樣高度，十分助興。由於溫泉位在地底，因此若就溫泉的位置來看，我的房間等於位在三樓。

這幢屋子非常大，姑且不論客廳與廚房，除了對面二樓的那間房間，和我現在沿欄杆往右轉向後方的房間外，似乎所有能稱為客房的房間都房門深鎖。至於房客，除了我以外似乎也沒有別人。即使在白天，那些房間也沒有將擋雨板打開，但若是開著，到了晚上似乎也不會關上。照這情形看來，就連正門有沒有上鎖都很難說。這裡果真偏僻，確實很適合脫離世俗之旅。

手錶的指針已經快指向十二點，午餐卻遲遲沒有送來。肚子好不容易餓了，但一想到自己處在「空山不見人」的詩境裡，即使少吃一餐也不會覺得遺憾。畫畫太麻煩，而創作俳句則因我早已全心投入，光是寫也很無趣。至於我帶來、放在三腳桌上的那兩、三本書，目前也完全沒興趣翻開。像這樣在和煦春光的照拂下，躺在外廊上與繁花一同假寐，實為天下至樂之事，而一旦開始思考，便會落入邪道，動輒得咎，如果可以我甚至不想用鼻子呼吸，想成為一棵在榻榻米上生根的植物，動也不動地在這裡度過兩星期。

走廊上總算傳來腳步聲，有人從樓下上來了，聽起來像有兩個人。腳步聲在門口停下後，其中一人又立刻回頭離去。我本以為會看見早上那女子，但房門打開後，門外卻站著昨晚那名女孩，總覺得有點不滿足。

「讓您久等了。」她放下餐點後不發一語，沒解釋早餐為何沒送來。

烤魚上點綴著一些青色，打開碗蓋，嫩綠的蕨葉中躺臥一隻紅白相間的蝦，配色很美，讓我不禁直盯著碗裡看。

「您不喜歡嗎？」女侍問。

「不，我現在吃。」雖然我嘴上這麼說，但其實有點捨不得吃。我曾在某本書上讀過一則泰納的軼事：某天泰納吃晚餐時，一邊端詳盤裡的沙拉，一邊對身旁的人說：「好清涼的色彩。這正是我所用的顏色！」我真想讓泰納看看這隻蝦與蕨葉的配色。西方根本沒有顏色漂亮的料理，頂多只有沙拉或紅蘿蔔之類的食物。雖然我不知道從營養的角度來看是如何，但站在畫家的立場，那根本就是毫無發展性的料理。與西方相較之下，日本的料理不論是湯、小菜或生魚片，皆可謂美不勝收。上茶屋用餐，坐在滿桌的宴會料理前，即使完全不動筷子只用眼睛欣賞，從養眼的角度看來，其實也是非常值得的。

「這裡有位年輕女子，對吧？」我放下碗問。

「是的。」

「她是什麼人？」

「是我家小姐。」

「那麼，老夫人還在嗎？」

「老夫人去年過世了。」

「老爺呢？」

「老爺還在。她是老爺的女兒。」

「那位年輕女子嗎？」

「是的。」

「這裡還有別的房客嗎？」

「沒有。」

「只有我？」

「是的。」

「平常都在做些什麼？」

「裁縫……」

「還有呢？」

「彈三味線。」

這還真令人意外。我覺得很有意思，所以又接著問：

「還有呢？」

「去寺廟。」女侍說。

這也出乎我的意料。去寺廟和彈三味線，還真是奇特！

「她是去廟裡拜拜嗎？」

「不，是去找和尚。」

「和尚是想學三味線嗎？」

「不是。」

「那她去那裡做什麼呢？」

「去找大徹師父。」

原來如此。大徹一定就是寫這塊匾額的人。從這句子看來，他似乎是位禪僧，而櫃子裡的《遠良天釜》想必是那名女子的東西。

「這房間平常是誰在使用？」

「是小姐。」

「所以她一直都睡在這裡，直到昨天我來投宿？」

「是的。」

「我真是對不起她。那麼她去找大徹師父做什麼呢？」

「我不知道。」

「還有呢？」

「什麼？」

「小姐還會去外面做些什麼？」

「還有很多……」

「所謂的很多，包括哪些事？」

「我不知道。」

對話到此為止，我也總算把飯吃完了。在收拾餐具時，女侍將房門拉了開來，隔著中庭的盆栽，我看見那名梳著銀杏頭的女子正托著腮、倚在對面二樓的欄杆，彷彿觀音似地俯瞰下方，那嫻靜的姿態與今天早上截然不同。因為她低著頭，我看不到她的臉，因此不知道她的表情是否有所改變。古人說：「存乎人者，莫良於眸子[1]。」原來就是指「人焉廋哉」[2]，道盡了眼睛是人身上最有用的器官。

她寂然地倚在那「亞」字形的欄杆旁，俯瞰下方兩隻若即若離地飛舞的蝴蝶。因為我房門被拉開的聲響，讓她將視線突然從蝴蝶移向我，彷彿毒箭劃過空氣，不由分說地射進我眉心。就在我嚇了一跳的同時，女侍又將紙門拉上。之後，則是一個極為悠閒的春日午後。

我又躺了下來。就在此刻，我心中浮現這些句子：

1 語出《孟子・離婁・上》。

2 語出《論語・為政》。

Sadder than is the moon's lost light,
Lost ere the kindling of dawn,
To travellers journeying on,
The shutting of thy fair face from my sight.[1]

倘若我心懸那名梳著銀杏頭的女子，即使粉身碎骨，也要與她見上一面，若再得到像剛才那樣令人欣喜、失魂的一瞥。我一定會作出這樣的詩句！或許，還會再添上這兩句：

Might I look on thee in death,
With bliss I would yield my breath.

幸好我已超脫一般俗世的戀愛境界，就算想品嘗這種痛苦也已經感受不到了。然而這五、六行詩句，確實將這一剎那所發生的事情旨趣表達得淋漓盡致。即使我與那女子之間並沒有如此惆悵的情愫，但若將兩人目前的關係套用在這首詩裡，倒也十分有趣，又或是將這首詩的意境放在我們身上來解釋，也讓人覺得愉快。一條名為因果的絲線將我們繫在一起，使得這首詩的部分情境成真。因果之線若細，便不足為苦，而且這條線並非普通的線，它是橫跨天空的彩虹，亦是在原野搭起棚子的彩霞，更是因露珠而閃耀的蜘蛛絲。只要一切，立刻就會斷成兩截；只要仔細凝望，就會發現它奇美無比。萬一這條線看著看著就漸漸變得像井繩一樣粗硬呢？不會的，這種事不會發生，因為我是畫家，而對方也非平凡女子。

紙門忽然被拉開。我翻過身望向門口，看到與我有因果關係的那人，梳著銀杏頭的女子正佇立在門邊，並用托盤捧著一只青瓷盤。

「您還要再睡嗎？昨晚打擾您那麼多次，您一定很困擾吧？」她笑道。

我完全沒有絲毫慌亂或尷尬的感覺，只是覺得又被她搶先一步開口了。

1 引自英國詩人、小說家喬治・梅瑞迪斯（George Meredith）的小說《The Shaving of Shagpat》第二章。

「今天早上真是謝謝妳了。」我再次道謝。回想起來我已對那件衣服道了三次謝。

當我正想起身時，那女子卻迅速在我枕邊坐下。

「沒關係請繼續躺著，躺著也能說話。」

還真不拘小節，但她說得也沒錯，因此我便轉而趴在地上，用手肘撐地，雙手托著下巴。

「我猜想您或許很無聊，所以特地來替您泡茶。」

「謝謝妳。」我又說了謝謝。

我看了一眼裝點心的盤子，裡面放著漂亮的羊羹。所有的點心裡，我最喜歡的就是羊羹，但其實也不是特別喜歡，只是覺得在光線的照射下，那光滑、細密，並呈現半透明的表面，怎麼看都像一個藝術品。特別是帶點綠色的羊羹，看上去彷彿玉石與蠟石的混合體，光是看著就讓人覺得心曠神怡。不但如此，裝在青瓷盤裡的綠色羊羹，彷彿剛成形似地充滿光澤，讓人不禁想伸手觸摸。反觀西方的點心，則沒有任何一種點心能給人這種感覺。奶油的顏色雖然柔和，卻稍嫌厚重，果凍乍看之下雖如寶石，但總是不停晃動，不若羊羹穩重，至於用白砂糖和牛奶做出的五重塔就更不用說了。

「哇，看起來真漂亮。」

「這是源兵衛剛買回來的。請您嚐嚐看吧！」

昨晚源兵衛似乎在城裡過夜。我沒回答她，只是望著羊羹。不論它是誰從哪裡買回來的都不重要，只要具有美感、能讓我覺得美，我就心滿意足。

「這個青瓷盤的形狀很棒，顏色也很美，不比羊羹遜色呢！」

女子呵呵笑了，嘴角微微揚起一絲輕蔑的波浪。她可能以為我說的是玩笑話吧！沒錯，若這是玩笑話，確實值得輕蔑。當一個沒有智慧的男人硬是要說笑時，的確常會講出這種話。

「這是從中國來的嗎？」

「什麼？」

對方完全沒將青瓷盤放在眼裡。

「看起來好像從是中國來的。」我把盤子拿起來，看看盤底。

「如果您喜歡這些東西，我可以帶您去看。」

「好啊，有勞妳了。」

「家父非常喜愛古董，因此有許多收藏品。我會轉告家父，請他找個時間與您一起喝茶。」

聽到喝茶，我頓時啞然。世上沒有比飲茶之人更愛裝模作樣、附庸風雅的了。詩界如此遼闊，卻偏要拉起繩子畫地自限，殊不知愈是自認高貴就愈顯其視野狹隘。明明沒有必要卻還要正襟危坐，只要喝著滿是泡沫的茶就感到滿足，這就是所謂的茶人[1]。若如此繁瑣的規則裡也有雅趣，那麼麻布[2]的軍隊裡豈不隨處都能嗅到風雅？那些只懂得「向後轉」、「齊步走」的士兵也全都是大茶人了！就因為都市人、商人，甚至是一些不懂真正雅趣的傢伙，不知如何才能擁有風雅，便將利休[3]之後的規則囫圇吞棗，自認那就是風雅，但這反倒侮蔑了真正的風流雅士。

「妳說的喝茶，是那種必須遵守禮儀規矩的茶道嗎？」

「不，並沒有什麼禮儀規矩。是那種您若不喜歡，就可以不用喝的茶。」

「若是這樣，我隨時奉陪。」
「哈哈，那就好。家父很喜歡給人看他的收藏呢！」
「一定要說稱讚的話嗎？」
「家父年事已高，若能說點好聽話給他聽，他一定會很高興。」
「好吧！我會多少說一些的。」
「請您順著他，盡量多說點。」
「哈哈哈哈，妳的措辭有時還真粗魯。」
「您是說我的人也很粗魯嗎？」
「人確實要粗魯一點比較好。」
「這樣才能隨心所欲。」

1 指精通茶道、愛茶之人，但漱石這裡指的是那些對茶道不求甚解，只知附庸風雅之人。
2 東京都港區的地名。
3 指千宗易，一五二二至一五九一年，為千家流茶道之祖。

「不過，妳以前應該有住過東京吧？」

「是的我住過東京，也住過京都。因為不是久住，所以換了很多地方。」

「妳覺得這裡與都市，哪裡比較好？」

「都一樣。」

「住在這種恬靜的地方，應該比較輕鬆吧？」

「是否能過得輕鬆，完全視自己的心情而定。心境若不變，在跳蚤的世界住煩了，搬到蚊子的世界後也還是一樣吧！」

「那麼，只要搬去一個沒有跳蚤也沒有蚊子的世界不就行了？」

「如果真有這種地方，還請您告訴我在哪裡。快，說來聽聽呀！」她質問道。

「若妳真想看，我就讓妳看看吧！」

我拿出寫生簿，畫下一個女人坐在馬上，凝望山櫻花。由於我畫得很快，因此還稱不上是一幅畫，只是畫出大概的感覺。

「來，請進。這裡既沒有跳蚤，也沒有蚊子。」

我將寫生簿拿到她眼前，不知道她會感到吃驚還是難為情？但無論如何，都不會覺得不舒服。她瞄了一眼後說：

「唉，這個世界這麼小，根本就只能橫著走。會喜歡這種世界的，大概只有螃蟹吧！」她說著的同時還往旁邊跨了一步。

「哇哈哈哈哈。」我聽了不禁大笑出聲。

此時在屋簷附近鳴叫的黃鶯忽然不叫了，並飛向遠方的枝頭。我們停下對話，側耳聆聽了一會兒，但黃鶯一旦停止鳴叫，就不會再輕易開口。

「聽說您昨天在山上遇見源兵衛？」

「對啊。」

「您看過長良少女的五輪塔了嗎？」

「看過了。」

「每當秋至芒草結露，我也如露珠在轉瞬間消逝……」

她什麼也沒說，就這麼清唱起來，也不知是為何而唱。

「我在茶屋聽過這首歌。」

「是大嬸告訴你的嗎？她原本在我家幫傭，在我還沒出嫁……」她猛然驚覺自己說了什麼，立刻住口，並望向我。我則裝作不知情。「在我小時候，她經常對我說長良的故事。一開始我根本記不得曲調，聽了好幾遍後，不知不覺就記起來了。」

「原來如此，我還在想她怎麼懂得那麼多艱深的東西。但那首歌還滿悲傷的呢。」

「悲傷嗎？換作是我才不唱那種歌。重要的是，投河自盡實在太無趣了不覺得嗎？」

「確實很無趣。如果是妳會怎麼做？」

「不怎麼做，只要將兩人全收為男妾就好了。」

「兩個都當男妾？」

「是啊。」

「真了不起。」

「有什麼好了不起的？這是天經地義的事。」

「原來根本不用去跳蚤世界或蚊子世界嘛！」

「就算不當螃蟹也可以生活下去。」

ho—hokekyo[1]……

不知何時，已快被我忘卻的黃鶯再度出聲，並用令人意外的高音啼囀。彷彿一準備好，聲音便自然而然地發出。牠鼓動膨脹的喉嚨，將鳥喙張到最大，從體內發出不符牠嬌小身形的洪亮聲音。

ho—hokekyo、ho—hokekyo。牠不停地鳴唱著。

「這才叫作真正的歌。」女子告訴我。

五

「不好意思，您是從東京來的嗎？」

「看起來像從東京來的嗎？」

1 日文中形容黃鶯鳴聲之狀聲詞。

「豈止是像，根本一眼就看得出來，從您的口音也能知道。」

「那你知道我住在東京的哪裡嗎？」

「這個嘛……東京大得嚇人呢！感覺上您應該不是住在下町，而是山手[1]。如果是山手……是麴町嗎？還是小石川？如果都不是，那應該就是牛烯或四谷。」

「大概就在那一帶。你知道的還真多。」

「我可是在江戶長大的，看不出來吧？」

「怪不得你這麼清楚。」

「哈哈哈您過獎了。不過變成這樣實在悲哀。」

「這話怎麼說？你為什麼會流落到這種窮鄉僻壤來？」

「沒錯，正如您說的，我真的是流落至此，因為實在無法生活……」

「你原本就是理容院的師傅嗎？」

「不是師傅，只是理髮匠罷了。您問店在哪裡嗎？在神田的松永町。那是個又小又髒的地方，您應該不會知道。那裡有一座龍閑橋。咦？您也不知道嗎？龍閑橋很有名呢！」

「喂，能不能再幫我多抹一些肥皂？好痛啊。」

「會痛嗎？不瞞您說，我有點潔癖，一定要逆著毛髮生長的方向，把鬍子一根根刮掉才甘心。現在的理髮匠根本不是在刮鬍子，而是在摸鬍子。請再忍耐一下。」

「我已經忍耐很久了。拜託你，再幫我抹些熱水和肥皂。」

「不行了嗎？應該沒那麼痛才對呀！您的鬍子實在太長了。」

師傅不捨似地放開捏著我臉頰的手，從櫃子上拿出一片薄薄的紅色肥皂，迅速在水裡浸了一下，然後抹遍我整張臉。我很少直接將肥皂抹在臉上，而且想到它剛才沾的水不知放在那裡幾天了，就不由得打冷顫。

身為理容院顧客的權利之一就是照鏡子，然而我從剛才就想放棄這項權利。平滑的鏡子若不能如實照出人的臉，未免也太說不過去。假使有人掛上一面不具這種性質的鏡子，又強迫別人面對它，那麼這人就像一名技巧拙劣的攝影師，故意折損鏡頭前人的原有美貌。

1 下町為都市中地勢較低之處，多為工、商業區，而山手則是都市中地勢較高處，多為住宅區。

削弱虛榮心有利修養，因此讓我看見比原本的自己還要遜色的臉孔，並不會對我構成侮辱。然而現在我被迫面對的這面鏡子，卻從剛才開始就一直侮辱我。往右一轉，整張臉只看見鼻子；往左一偏，只見嘴巴裂至耳朵；抬起頭來，就像扁平的蟾蜍臉；一旦彎下腰，就如福祿壽[1]賜予的小孩般額頭突出。在面對這面鏡子時，就算再不願，也得身兼多種妖怪之姿。姑且先忍耐鏡中那張不具美感的臉，但從鏡子的構造、色彩，以及銀紙剝落，讓光線得以透過的情況來判斷，這件東西本身就醜陋到極點。當我們被小人咒罵時，那些咒罵之詞本身雖然不痛不癢，但只要想到它們出自小人之口，任誰都會感到不快吧！

不過，這位師傅可不是普通的師傅。當我從店外偷看時，他雖然盤腿坐在日英同盟國旗[2]的玩具上抽著長菸斗，看起來一副百無聊賴的模樣，然而當我進入店裡將頭交給他後，不禁大吃一驚。他毫不留情地刮我鬍子，使我不由得暗自懷疑，在這過程中，我這顆頭的所有權究竟是屬於他？抑或仍有幾分操之在己？就算我的頭被釘死在我肩上，恐怕也只是暫時的。

師傅揮舞剃刀時，絲毫不見文明的法則。剃刀一接觸到臉頰便發出聲音；被他捏起的部分傳來脈搏跳動聲；當利刃在下巴附近閃閃發光時，則傳來踩過霜柱似的怪聲音，但師傅本人卻以擁有全日本最高超的技巧而自負。

到最後我覺得他根本就是醉了，因為每當他說「先生」二字時，都會有一股怪味傳來，有時還會有異樣的瓦斯味飄進我鼻子。這樣下去說不定一不小心，連剃刀會往哪兒飛也不知道。手持剃刀的人都沒有明確計畫，更何況只是提供一張臉的我！雖然我的臉是在雙方都同意的狀況下交出的，就算受點小傷，我也不打算抱怨，然而若是我的氣管忽然被切斷，那可就不得了了。

「抹了肥皂才刮是沒經驗的人才做的事，不過這畢竟是先生您的鬍子，所以也沒辦法。」他說話的同時將肥皂放回櫃子，但肥皂卻違背命令掉落在地。

「先生，我好像很少看到您。您是最近才來的嗎？」

「我是兩、三天前才來的。」

1 日本神話中的七福神之一，頭長而身短。

2 明治三十五年時，為慶祝日本與英國締結同盟而製作的國旗。

「喔?您住在哪裡?」

「志保田。」

「原來如此,其實我也在猜想,您應該是那裡的客人。我也是來投靠那位老先生的。那位老先生還在東京時就住我家附近,所以我才會認識他。他人真的很好,而且很明事理。自從去年他妻子去世後,他就成天玩他的收藏品。他好像有一些很不錯的東西,如果賣掉應該能賺不少錢!」

「他不是有個很漂亮的女兒嗎?」

「小心喔。」

「小心什麼?」

「什麼小心什麼?這話雖然不好當著您的面說,但她可是嫁出去卻又回娘家的人!」

「是嗎?」

「這可是大事一樁,怎麼能用一句『是嗎』帶過。她根本不應該回來!說什麼因為銀行倒閉無法過好日子所以回娘家,這也太無情了。現在老先生在還好,如果老先生有個萬一，事情就沒這麼好解決了。」

「是這樣嗎？」

「當然。老先生和本家的哥哥感情不好。」

「還有本家？」

「嗯，本家位在山丘上，您可以去看看，那裡風景很美。」

「喂，能不能再幫我抹一次肥皂？又開始痛了。」

「您還真不耐痛。您的鬍子實在太硬了，一定要三天刮一次才行。要是連我來刮都會痛，那麼您不論到哪裡，都一樣無法忍受。」

「那就這麼辦吧！從今天起我會每天來。」

「您打算在那裡待那麼久？太危險了！請您趕快打消這念頭！跟那種人扯上關係一點好處也沒有，會有什麼下場也不知道！」

「為什麼？」

「先生，那女人雖然漂亮，但其實異於常人。」

「為什麼？」

「什麼為什麼！先生，村裡的人都說她瘋了！」

「會不會是有什麼誤會？」

「不是誤會，證據確鑿啊！先生您還是打消念頭吧！那實在太危險了。」

「我不要緊。不過，你說的證據又是什麼？」

「這故事可有趣了。就請您抽根菸，聽我慢慢講吧——要洗頭嗎？」

「不用了。」

「那我幫您清掉頭皮屑就好。」

師傅問也沒問，就將他的十根手指放在我的頭皮上，積滿污垢的指甲毫不客氣地前後猛烈移動，分開我的每一根髮根，彷彿巨人用耙子急速掃過不毛之地，在我頭上反覆來回。我不知道我頭上是不是真有幾十萬根頭髮，只覺得它們似乎全被連根拔起，不但留下一大片腫痕，其餘威還穿過頭皮，連骨帶腦地全遭到猛烈襲擊——師傅就是這樣抓我的頭。

「如何？很舒服吧？」

「真是俐落。」

「咦？大家都說這樣很舒暢。」

「但我覺得我的頭好像快掉下來了。」

「您這麼疲倦啊！春天果然來了。每到春天，身體就特別容易發懶。來，抽根菸吧！一個人待在志保田一定很無聊，歡迎您來找我聊天。畢竟江戶之子還是要與江戶之子在一起才有話聊。怎麼？還是覺得那位小姐比較親切嗎？那個女人啊，實在教人摸不透，真是傷腦筋。」

「先不論小姐如何，我剛才確實是頭皮屑亂飛，頭都快掉下來了。」

「您說得是。我真是腦袋空空，連話都說不清楚。那個和尚也暈頭……」

「您說的和尚叫什麼名字？」

「是觀海寺的納所和尚[1]……」

1 在寺廟中管理會計、庶務等的下級僧侶。

「不論是納所還是住持，你指的都是同一個和尚吧？」

「沒錯沒錯！不行，我這樣太急躁了。那和尚長相端正，看起來不像會近女色的人，沒想到竟然喜歡上那女人，最後還寫情書給她！咦，等等，好像是用說的吧！不，應該是寫情書。對沒錯，是寫情書。然後……唔……總覺得這過程好像有點奇怪……嗯，應該是吧，就是這樣，那傢伙被嚇了一跳……」

「誰嚇了一跳？」

「那女人啊！」

「所以她收到情書後嚇了一跳？」

「可是如果她是那種容易驚訝的女人，應該會很柔弱才對，這對她來說應該沒什麼好驚訝的。」

「到底是誰嚇了一跳？」

「告白的那個人。」

「他不是沒用說的嗎？」

「啊！是我口快沒說清楚。對，是收到情書嚇一跳。」
「所以是那女人嚇一跳？」
「不是啦，是男的。」
「男的？和尚？」
「對，就是和尚。」
「為什麼和尚會嚇一跳？」
「因為和尚在大殿念經時，那女人突然衝進去！呵呵，她果然是瘋子。」
「她做了什麼事？」
「她說：『如果你真的覺得我可愛，我們就在菩薩面前睡覺吧！』然後突然衝上去咬住泰安脖子上的佛珠。」
「咦？」
「泰安嚇了一大跳。他不知道自己哪根筋不對，竟寫了情書，到頭來還惹來如此奇恥大辱，所以當晚他就偷偷躲起來，死了……」

「死了？」

「我想應該是死了，出了這種事怎麼可能還活得下去？」

「這很難說。」

「或許吧！對方是瘋子，為這種事死掉一點意義也沒有，所以搞不好他真的還活著。」

「這故事還真有意思。」

「有意思也好，沒意思也罷，反正她已經成為全村的笑柄。不過因為她已經瘋了，所以也完全不以為意。唉！如果她像您這樣腦筋清楚還無所謂，但她畢竟是個瘋子，萬一突然捉弄您，或對您做出什麼事來，那可糟了。」

「我會小心的。哈哈哈哈哈……」

海邊吹來陣陣帶著鹹味的溫暖春風，慵懶地掀起店裡的門簾。斜身飛過門簾下方的燕子，輕盈地飄入鏡中。一位看來六十多歲的老爺爺蹲在對面屋簷下，靜靜地剝著貝殼。每當小刀「喀嚓」地劃下，紅色的貝肉便落入了竹簍。貝殼散發出耀眼光芒，飛越過六十公分寬的蒸騰熱氣，在岸邊堆積如山。這些不知是牡蠣、馬珂蛤或蟶的貝殼山，一個鬆動便滾落砂川底部，彷彿從塵世的表層葬入黑暗的國度。當它們被埋葬後，隨即又有新的貝殼往柳樹下堆疊。老爺爺無暇思索貝殼的去向，只是不斷將空殼丟入晃動的熱氣裡。他的竹簍似乎沒有底部，他的春天彷彿有無盡的閒適。

砂川從一座不到四公尺長的小橋下流過，將春天的水注入海濱。在春之河與春之海的交會處，曝曬著大小不一的漁網，我很好奇吹過網目往村裡去的微風，是否會帶有微腥的溫熱。而在那中間，海的顏色看似能將鈍刀融化、緩緩扭動。

這幅美景與這位師傅一點也不搭調。假如師傅的人格強烈到足以與周圍的風景抗衡，並讓我留下深刻印象，那麼立於兩者之間的我，應該會感到格格不入。幸好，師傅並不是偉大的豪傑，即使是江戶之子，無論口齒多伶俐，也無法與這和諧而浩蕩的天地景象相提並論。不斷賣弄口舌，極力想破壞這景致的師傅，在轉瞬間化作微塵，浮游於宜人的春光裡。所謂的矛盾，無論於力道、於數量，或於意氣、軀體，皆如冰與火般無法相容，而且唯有在程度相當的人、事、物之間才能看得出來。當兩者的差距愈大，矛盾便會逐漸消失，甚至成為大勢力的一部分，並一同活動。就像成為大官左右手的才子，成為才子肱股的愚者，或成為愚者心腹的牛馬。而現在，這位師傅則是將無盡春色當作背景，表演一種滑稽，原本應該會破壞春天的閒適氣氛，卻反而替春天增添了幾分悠閒。在三月之中，我不禁有種與悠哉的彌次郎[1]結為好友的感覺。這個極度單純的野心家與象徵天下太平的春日，具有最調和的色彩。

想到這裡，我才發現這位師傅似乎也能成為一幅畫、一首詩，於是早該離去的我又坐了下來，與他天南地北地聊了起來。此時一個小光頭穿過門簾，進入店裡。

「對不起，可以幫我剃個頭嗎？」

小和尚身穿白色棉衣，綁著一條同材質、裡面塞了棉花的腰帶，外面披著一件蚊帳似的粗法衣，看起來一副無憂無慮的樣子。

「了念怎麼了？最近你不是因為在外面閒逛而被師父罵了一頓嗎？」

「才沒有呢！我被誇獎了。」

「你師父是誇你『了念真棒，派你出去辦事，還會在途中抓魚，真了不起』嗎？」

「不，師父誇我『了念，你年紀輕輕就懂得在外面玩一玩才回來，真是了不起』」

「難怪你的頭上腫了一個包。你那顆凹凸不平的頭剃起來很費事，今天先別剃，下次等它好了再來。」

「如果要我等它好了，我會去找更厲害的理容師傅。」

「哈哈哈哈哈，你的頭雖然凹凸不平，不過嘴巴倒是挺厲害的。」

「而你技術很差，酒量卻很好。」

「臭小子，竟敢說我技術差……」

「這不是我說的，是師父說的。好啦別那麼生氣，都老大不小了。」

「哼，一點也不好玩。您說是不是，先生？」

「嗯？」

「我說他們這些和尚，是不是因為住在高高的石階上，沒什麼事好煩惱，所以才只有一張嘴巴厲害？連這個小和尚講出來的話都這麼傲慢——唉呀，頭再低一點，再低一點！

1 彌次郎兵衛，為十返舍一九所著之滑稽小說《東海道中膝栗毛》的主角之一。書中描述其與喜多八結伴旅行時發生的種種有趣經歷。

不聽我的話我就割下去了，要嗎？會流血喔！」

「你這樣硬壓很痛。」

「連這點痛苦都無法忍受，你要怎麼當和尚？」

「我早就是和尚了。」

「你又還沒獨當一面。對了，泰安師父到底為什麼會死啊小師父？」

「泰安師父又沒死。」

「沒死？這就怪了，他應該死了呀！」

「泰安師父後來發憤圖強，到陸前的大梅寺[1]潛心修行，現在應該已經是名僧了。真是了不起。」

「哪裡了不起？就算是和尚，豈有連夜逃走還稱得上了不起的道理？你也要小心點，女色可是害人失敗的主因。說到女色，那個瘋女人還是常常去找師父嗎？」

「我沒聽過什麼瘋女人。」

「你這個小和尚還真是難溝通。到底有沒有去？」

「沒有什麼瘋女人來，不過志保田家的小姐倒是有來。」
「不論再如何誦經祈禱，她也不會痊癒。這一定是上一代的老主人在作祟。」
「但師父稱讚那位小姐很偉大。」
「一旦爬上石階，一切就顛倒了所以沒用。不論師父說什麼，瘋子就是瘋子。好啦，剃好了。趕快回去讓師父罵吧！」
「不要，我要再玩一下再回去讓他誇獎。」
「隨便你，這個膽小鬼。」
「呿，你這個乾屎橛。[2]」
「你說什麼？」
小光頭早已穿過門簾，投入春風的懷抱。

1 臨濟宗妙心寺派的寺廟，位於仙台市。
2 即廁籌。當時的人用以拭糞的小竹木片。佛家用來比喻至穢至賤之物。

六

日落時分，我坐在書桌前，紙門敞開著。由於旅社裡沒什麼人，使得房舍更顯寬敞。一條曲折的走廊隔開我所住的房間與少數幾人活動的空間，因此任何聲音都不至於妨礙我的思緒。今天比往常更為寂靜，主人、女兒、女侍與僕人，彷彿全在不知不覺中搬離，只留下我獨自一人。假使他們真的舉家搬遷，新住所也絕非平凡之地，若不是霞之國，就是雲之國吧！又或是在思索自己何時漂來此處之際，便已來到一片雲水相連，不知該如何掌舵的大海上，分不清白帆與雲水的交界，甚至連白帆也苦於不知何處才是自己與雲水的分界。若非如此，便是猝然消失在春天裡，原有的四大要素[1]也化為肉眼看不見的靈氛，飄散在廣闊的天地間，即使用顯微鏡也找不到一絲痕跡。或者化作雲雀，在詠嘆完油菜花的鮮黃後，飛向由晚霞搭起的那張深紫色棚子；再不然就是像將長日變得更長的馬蠅般，在結束一整天的工作後，由於無法吸吮凝結於花蕊上的甘露，於是俯臥於飄落的茶花下，沉眠在芬芳世界裡。總之，四周一片靜謐。

吹拂過空盪屋舍的春風，它既非對接受它的人克盡義務，也非對拒絕它的人展現惡意。它只是自己吹來，又自己離去，這是宇宙公平的安排。將下顎放在掌心的我，若內心也如我所在的這房間般空虛，春風應該也會毫不客氣地穿過去吧！

一旦想到自己踩踏的是地，就擔心它是否會崩裂；一旦得知浮在頂上的是天，就會對閃電感到無比恐懼。由於世俗價值不斷告訴我們，若不與人相爭，便無法在世間立足，故人們免除不了火宅之苦[2]。對於住在俗世，必須走過利害關係這條繩索的人而言，愛即是仇，錢財也皆為塵土；可握之名與可奪之譽恰如展現甜美之姿，讓蜜蜂捨棄蜂針的花蜜。正因歡樂源自於對事物的執著，因此也包含了一切苦痛。唯有詩人與畫家，才會在咀嚼世界的精華後，明白最透徹的清淨為何，餐霞飲露，品紫論紅，至死無悔。他們的樂趣不在於對事物的執著，而是與其同化，成為該物。一旦化成該物，就算翻遍茫茫大地，也無法找到足以供其立身之地，於是放下沾滿俗塵的軀體，在破笠殘蓑下，自在地享受無止盡的

1 佛教認為構成一切物體的要素，即地、水、火、風。
2 佛教用語。比喻熾燃煩惱火焰的輪迴世界。

和風。之所以構思出如此境遇，並非想恫嚇將銅臭視為異香的市井小民，也非自命清高，我只是宣揚其中福音，藉以吸引芸芸眾生中的有緣人。其實，每人生來便已具備詩裡的意境、畫中的世界。即使是屈指數不盡春秋，呻吟道不盡白頭之人，到了回顧此生，依序檢視一生的閱歷時，應該也能喚起遺留在微微發光的臭皮囊裡，忘我喝采的興致吧！若有人說自己不能，那麼此人活在世上便沒有任何價值。

然而，並非唯有切合一事，化為一物，才是詩人的雅興。雖然有時化為一朵花，有時化為一對蝶，有時像威廉·霍茲華斯[1]化為一叢水仙[2]，被帶給萬物潤澤的和風撩亂心房，但有時，我們的心神也會被四周不知名的風光吸引，被莫名的事物奪走。有人認為那是天地間的閃耀大氣，有人則認為是靈台聽見了無弦琴之聲，也有人因為它過於難解，而用徘徊在無限之境，徬徨於遙遠之處來形容。不論如何，要怎麼說是每個人的自由。至於我，則是倚著紫檀木桌發呆。

我什麼都沒想，也沒看見任何東西。由於沒有任何色彩鮮明的東西在我的意識裡活動，因此也不能說我與某事物同化。然而我卻一直在活動。我不是在這世間活動，也並非在這世間外活動。我只是不斷地動著，不為花、不為鳥、也不為人，只是恍惚地活動。

若要我說明，我想說，我的心只是隨春天而動。將春天所有的景色、微風、事物與聲音全打散後，使其凝結，煉成仙丹，再將之溶於蓬萊靈液[3]中，讓它在桃源的太陽底下蒸發，蒸發而出的精氣在不知不覺中滲入我的毛孔，讓心在還沒發現之前就已經飽和。

一般的同化很刺激，也正因為有刺激，所以才愉快。但我因為不知與何物同化，因此感受不到絲毫刺激，也因為沒有刺激，才能得到深奧而難以名狀的樂趣。

這一種樂趣與被風挑起波浪後的輕淺喧囂之趣截然不同，而是像在大陸與大陸之間的數尋深底移動的洸洋滄海，只是不如它有活力。但這反而是一種幸福。當你擁有一股龐大的活力時，就會開始擔心這份活力勢必終將用盡；但若保有平凡之姿，則無需擔心。我那顆比平淡還要平淡的心，目前不但脫離了活力是否會被消磨的憂慮，更擺脫了「無可無不

1 William Wordsworth，一七七〇至一八五〇年，英國浪漫派詩人。
2 指霍茲華斯之詩〈The Daffodils〉。
3 傳說東海仙人所住之島上的靈水。

可」的境界。所謂的平淡，是指難以吸引，無過度懦弱之虞。詩人筆下的「沖融」[1]、「澹蕩」[2]等詞彙，或許正是最能形容此情此境的寫照。

想著若將這境界畫成一幅畫會變怎樣呢？絕不會是個普通的畫。一般人稱之為「畫」的東西，只是繪者將眼前所見照實描繪，或透過自己的審美眼光，將景象移至畫布上。只要花看起來像花，水看起來像水，人物以人物之姿活動，一幅畫就算完成。若技巧更為高超，便能加入自己的感受，使眼中景物在畫布上表現得更為淋漓盡致。有技巧的畫家會將某種特別興致寄託於眼前的森羅萬象，因此若不能透過畫筆清楚呈現所見之物，就不算是創作一幅畫。我將觀看並感受諸如此類的事，但我的看法與感受並非模仿前人，也未受古老傳說影響。倘若作品沒有傳達出最正確、最美的事物，我便不承認那是我的作品。

或許這兩種畫家有主客深淺之分，但是受到明顯的外在刺激後才動筆這點，則是雙方皆然。雖然此刻我想描繪的主題並不明確，即使鼓動所有知覺去感受外界事物，也看不出形狀、顏色、濃淡與粗細。我的感覺並非來自外在，即使是，也不是橫跨我視野的那片景物，我無法清楚解釋為什麼，有些東西是一種情緒，問題在於要如何表現，才能將這份情緒化為一幅圖畫？不，應該是藉由哪些具體事物，才能讓人瞭解、體會這份情緒。

一般的畫作即使沒有感情，但只要有具體景物即可。第二階段的畫，則是物體與感情必須並存。到了第三階段，由於畫中只有感情，因此作畫時，必須慎選用來呈現這份感情的物件。然而選擇物件卻是難事一樁，即使找到了，也很難將感情寄託其中；即使放入感情，也可能與其存在於自然界的原貌大異其趣。因此在一般人眼中，這個階段的作品也許無法被稱之為畫，因為作畫者本身也不認為這是將局部的自然界加以再現之物，但他們知道，若能多少傳達出自己當下的感情，給予他人激勵鼓舞，就是一大成功。自古以來，我不知是否真有畫家在這困難的工作中獲得佳績，但若要舉出程度上可代表此流派的畫作，便是文與可[3]筆下的竹與雲谷[4]的山水；次一級的則是大雅堂[5]的風景與蕪村的人物。至於

1 出自杜甫詩句「和氣日沖融」。
2 出自李白詩句「春風正澹蕩」。
3 文與可，文同，一〇一八至一〇七九年，號笑笑先生，性稱石室先生，為蘇軾表哥，中國宋朝畫竹名家。
4 雲谷等顏，一五四七至一六一八年，安土桃山時代的日本畫家，雲谷派之祖。
5 池大雅，一七二三至一七七六年，江戶中期的南畫家。

西洋畫家，則多以眼觀具象世界，少有傾注於其神韻者，因此像上述那些能以筆墨傳達物外神韻的畫家，寥寥可數。

令人惋惜的是，雪舟[1]、蕪村等人所勾勒出的氣韻實在太單純且缺乏變化。若論畫功，我當然不及這些名家，但我現在想畫下的情感卻比他們複雜，也正因複雜，所以無法將其納入畫面。我放下托腮的手，雙手在桌上交疊，思索良久，仍然沒有答案。

我要畫出一幅具備色彩、形狀與格調的畫，不但能在當下產生自我認知，同時湧起「啊！原來就在這裡」的感覺。好比我為了尋找失散已久的孩子，走遍六十餘國，不論是睡是醒，都沒有一刻忘記過他；但就在某一天，我竟然在十字路口與他不期而遇，那一瞬間，心中閃過的正是「啊！原來就在這裡」——我必須畫出這種感覺。雖然非常困難，但只要能畫出來，無論別人看了之後如何評論，我都不在乎，即使被批評為這根本不算是畫，我也沒有絲毫埋怨，只要色彩能代表我部分的感情，線的曲直能展現幾許氛圍，整體配置能傳達若干風韻，不論其形體是牛或馬，又或者既非牛，也非馬，甚至什麼都不是，我都無妨——然而我還是畫不出來。我將寫生簿放在桌上，絞盡腦汁，連盯著寫生簿的眼睛都快掉了出來，卻依然毫無進展。

我放下鉛筆，開始思考。想要畫出抽象的興致，其實根本就是個錯誤。人與人之間並沒有太大差別，因此在芸芸眾生中，與我擁有共同興致的人一定存在，而他們也必定曾試圖藉由某種方式，將這份興致永久保存下來。假如他們真的試過，那會是使用什麼方式？

「音樂」二字瞬間浮現我眼前。原來如此，音樂就是在這種時刻、在這種需求下誕生的自然之聲。我這才發覺，音樂是人人必須聆聽、必須學習的東西，不幸的是，我對這方面竟是一竅不通。

那麼詩呢——我試著踏進第三塊領域探索——我記得萊辛[2]曾說過「以時間的經過為條件而發生的事實，即為詩的本質」，而他也認為詩畫之間必須清楚畫上一條界線。沒錯，現在我極欲表達的境界，實在很難化為詩句。在我感到欣喜的內心或許有時間存在，卻少

1 一四二〇至一五〇六年，室町後期的畫僧。

2 Gotthold Ephraim Lessing，一七二九至一七八一年。德國劇作家、詩人，德國啟蒙運動代表。

了隨時間流逝而依序發生的事件。讓我感到欣喜的，並非依序發生的事件，而是打從一開始便停留在同一處的深奧興致。既已停留在此，就算將它翻譯成一般語言，也不見得需要依照時間順序來安排材料，應該還是要像繪畫般，藉由空間性的景物配置來表達。問題在於，要將哪些情景放進詩中來描寫空曠而無所寄託的抽象感受。只要掌握這些，即使不理會萊辛的說法，應該也能寫出一首成功的詩。不論荷馬或威吉爾[1]如何都無所謂。若詩適合呈現某種氛圍，即使少了依序發生的時間性，只是單純滿足繪畫的空間性，應該也能以文字描繪這樣的氛圍。

他人的理論如何並不重要，雖然我已將〈拉奧孔〉[2]忘得差不多了，但只要仔細查閱，應該也能發現我的想法比較怪異。總之因為畫不出來，所以我打算改而作詩，於是將鉛筆抵著寫生簿，開始前後搖動身體。我一直想讓筆尖動，它卻毫無動靜。這感覺就像忽然忘記朋友的名字，而聲音已到喉頭卻無法說出口一樣，最後只好放棄，將那說不出口的名字再度吞回肚子裡。

葛湯[3]剛沖泡時，總是清淡如水，攪拌的筷子也感覺不到阻力，但只要過了這段期間，葛湯就會變得黏稠，攪拌的手也變得沈重。此時若繼續攪動筷子，漸漸地，筷子會無法畫出一個圓，最後鍋中的葛湯會爭先恐後地附著在筷子上，作詩的過程正是如此。

在不知該如何下筆的筆尖慢慢動起來之後，過了二、三十分鐘，我寫下這六句詩句：

青春二三月，愁隨芳草長。閑花落空庭，素琴橫虛堂。蠨蛸掛不動，篆煙繞竹梁。

反覆誦讀後，我發現這些句子都能成為畫面。我心想，早知道一開始就將它畫成畫。為什麼作詩比作畫來得容易？不過既已寫到這裡，之後應該也不會太困難。接下來，我想試著詠歎無法用繪畫表達的情感。我左思右想最後寫下：

1 Publius Vergilius Maro，羅馬詩人。

2 指〈拉奧孔——論詩與畫的界限〉，為萊辛所著之美學論文，內容在比較繪畫與詩，並闡述詩畫不同律的論點。

3 以葛粉加上砂糖沖泡而成的飲品。

獨坐無隻語，方寸認微光。人間徒多事，此境孰可忘。
會得一日靜，正知百年忙。遐懷寄何處，緬邈白雲鄉。

我從頭再讀了一次，雖然覺得十分有趣，但若用來描寫自己剛才所進入的境界，似乎還欠缺了某些東西。當我握筆想順勢再作一首時，視線不經意地飄到門口，瞥見一個美麗的身影從敞開的房門前經過……

當我將視線轉向門口時，那身影已被敞開的房門遮去一半，而且似乎早在我還沒看見之前便已移動，因此在我看來，就像一晃而過。我丟下詩，眼睛緊盯門口。

不到一分鐘，那身影便從另一個方向出現。一名身穿振袖和服的高挑女子靜悄悄地走在二樓另一側外廊上。我屏住氣息，不自覺地放下鉛筆。

春天陰霾的天空逐漸從天際籠罩下來，在沉重的空氣裡，穿振袖和服的身影帶著一絲寂寥，隔著十公尺寬的中庭，優雅地往返於等待夕陽灑落的欄杆旁，在我眼中若隱若現。

女子始終沒有開口，也沒有東張西望，只是靜靜地走著，就連衣襬拖曳在外廊上的摩擦聲也聽不見分毫。由於距離太遠，我看不清和服腰部以下的鮮豔圖樣，只覺得那圖樣彷彿在素色與花紋間暈染開來，感覺如同晝夜的交界，而女子確實也正穿梭於晝夜交界。

我不明白穿振袖和服的女子打算在這條長廊上反覆走幾次，也不知她從何時開始，便以這身奇特裝扮，不斷反覆這奇妙的行為，而她這麼做的原因，更是讓我百思不解。當她如此端肅地不斷重複一件令人無法理解的事，在我的門前出現，接著消失，讓我不禁有種異樣的感覺。倘若她的行為是為了傾訴對春日將盡的怨恨，為何又表現得如此不在意？倘若這行為一點也不重要，又為何要打扮得如此華麗？

即將褪去的春色在昏暗的門口灑下如夢似幻的色彩，然而其中讓人眼睛為之一亮的色彩，是由錦緞製成的腰帶嗎？鮮豔的衣裳來回穿梭在暮色中，逐漸消失在深幽的彼端，恰如春日夜空中閃爍的星塵，在黎明將至時，隱沒在深紫色的天空中。

當天界之門開啟，試圖將華麗的身影吸入幽冥地府時，我忽然有種感覺。這個應當出現在歡樂春夜，背對金屏風，面向銀蠟燭的華麗身影，竟顯得與世無爭，逐漸淡出這現實世界，從某個角度看來，這便是一種超然之景。我望向那步步逼近的黑影，只見女子帶著嚴肅的神色，不疾不徐、不慌不忙地在同一個地方徘徊。假如她不知道即將降臨在她身上的災禍，也實在天真至極。但倘若她明明知道，卻不將它當作一回事，又更了不起。也或許黑暗原本就是她的棲身之處，所以她才能以如此閑靜的態度，逍遙於有無之間。當振袖和服下襬的紛亂圖様流進黑暗時，也暗暗顯露了她的本性。

此外我還有另一種想法，一位美人安穩入眠後，卻無暇清醒，一直停留在幻覺中，而在她枕邊守護的我們，內心則非常難受。若要在各種苦痛中死去，別說是沒有生存價值的本人，就連在一旁看著的親人，或許都會認為殺了她反而是種慈悲。然而一個睡得香甜的孩子究竟犯了什麼濤天大錯，竟然必須面臨死亡？在睡夢中被帶往冥府，等於在毫無死亡的覺悟下，便因突如其來的一擊而喪失寶貴生命。既然要取走對方的性命，應該要讓對方體悟這是不可逃避的命運，使其接受，再為其誦經祈禱。若死亡在這之前就已清楚呈現，也聽見唸誦「南無阿彌陀佛」的聲音，那麼我寧願用這聲音，強迫喚回已一腳踏入另一世界的人。對一個在不知不覺中，從假寐轉為長眠的人而言，被喚回人世或許就像強迫她將已斬斷的煩惱再度拾回，反而更覺得痛苦。但即使如此，我們還是會想將此人喚回。

我考慮過，倘若女子的身影再度出現在門口，自己是否要開口喚她，將她從虛幻中解救出來？但一切就如夢境，當我看見那道身影經過門口的剎那，我卻發不出聲音。在我努力鎮定心情時，她已盈盈走過；當我思索為何一句話也說不出口時，她又再度穿過門口，彷彿全然不知有個人正窺視自己，而這個人正焦急得不知所措。說來可悲，打從一開始，她似乎就沒將我放在心上。就在我不斷想著「這次一定要開口」的過程中，忍耐已久的雲層再也把持不住，讓絲絲雨點靜靜落下，將女子的身影籠罩在一片朦朧之中。

七

好冷！我拿著毛巾前往溫泉池。

在三張榻榻米大小的地方脫下衣服，再走下四級樓梯，便來到約八張榻榻米大小的浴場。這裡似乎是個不缺石頭的地方，地面鋪以花崗岩，正中央則有一個深約一點二公尺、由石頭堆積而成的浴槽。既然這裡名為「礦泉」，泉水中應該含有許多礦物質，但泉水卻透明無色，泡起來的感覺也很舒服。我偶爾會將泉水含在嘴裡，但它並沒有特別的味道，也不臭。聽說這溫泉還有助於治病，由於我沒多問，所以也不知道它對哪些疾病有療效，反正我本來就沒什麼宿疾，因此它的實用價值根本沒在我腦中留下什麼痕跡。我每次泡溫泉都會想到的，只有白居易「溫泉水滑洗凝脂」[1]這句詩，而且只要一提到溫泉，我就會想起這句詩所表現的愉快心情。一處溫泉若不能為我帶來這種心情，便失去其價值，除此之外，我對溫泉沒有其他要求。

我走進浴槽，讓水浸到胸部，不知從哪兒湧出的泉水，不時溢出浴槽邊緣。石頭還來不及晾乾就又被濺溼，赤足踩在上面能感到一陣溫暖，讓心也覺得歡喜。綿綿細雨在黑夜的眼前掠過，悄悄滋潤了春天，雨從屋簷落下的滴答聲也漸漸頻繁。瀰漫四周的水蒸氣填滿地板到天花板的每個角落，就連木板之間的縫隙也是如此。

冰冷的秋霧、悠閒的靄氣、裊裊的炊煙，皆將其虛無的身影寄託於廣大的天空。雖然世上有許多哀傷悲憐之事，但被這春夜裡溫泉的水蒸氣溫柔包覆全身，讓我不禁懷疑自己是否回到了古代。雖然水蒸氣不至於多到讓我看不清楚眼前景物，但也並非像撕破一層薄絹般，不費絲毫力氣就能清楚看見位在俗世的人們與自己。在這片無論打破幾層薄絹都無法看清的霧氣中，唯有我獨自置身於溫熱的彩虹中。雖有「酒醉」一詞，但我從未聽過「煙醉」這說法。倘若真的有，這個詞彙當然不能使用在霧上，用來說明霞也太過強烈，只有當靄冠上「春宵」二字，才最切合這詞彙。

我將後腦靠在浴槽邊，全身放鬆，讓泡在清澈泉水中的身體輕盈地漂起，而靈魂也如水母，輕輕地浮向水面。如果在俗世也能有這種感覺，該有多輕鬆。打開道理的鎖，鬆開執著的栓，無論如何，浸泡在溫泉中，終將與溫泉同化。一旦成為流泉，生命中就不再有苦痛，靈魂若也能如此，將比成為基督的門徒還讓人感激。這麼一想，水中的浮屍其實也很風雅。我記得斯文本恩[2]在某首詩裡描述過一名女子沉入水底往生後，卻感到十分喜悅[3]。一直以來，我都認為米雷的奧菲莉亞是悲苦的，但若從這個角度觀察，反而變得更美。我始終不明白為什麼米雷要以那麼令人不快的景物為背景，如今總算明白，不論浮在水面、

1 語出〈長恨歌〉。

2 Algernon Charles Swinburne，一八三七至一九〇九年，英國詩人，評論家。

3 應指〈The Triumph of Time〉，但此詩描述一名被戀人拋棄的男子心滿意足地投身海底。

沉入水底，抑或在水中載浮載沉，那毫無痛苦地隨水流逝的樣子確實是一種美。假使兩岸又妝點上形形色色的花草，與水的顏色、人在水中的膚色，以及衣服顏色，形成一種沉穩的協調感，一定能形成一幅畫。然而假使隨水流逝的那人臉上只有安穩神情，這畫就成了神話或寓言。不只痙攣與苦悶，所有的精神應該也被破壞殆盡了。一張沒有血色而安詳的臉，實在無法映出世俗人情，到底什麼樣的表情才算成功？米雷的奧菲莉亞或許成功了，但我懷疑他的精神是否與我相同。米雷是米雷，我是我，我想以我的意興畫出一具風雅的浮屍，但我理想中的那張臉卻沒那麼容易浮上心頭。

我浸在溫泉中，試著替浮屍作出一首贊辭。

若遇飄雨，必受溼濡。
若遇降霜，必覺寒酷。
身在土中，必感闇莫。
浮於波浪之上，

沉於波浪之下，
若浸在春水之中，應無苦楚。

我漫不經心地低誦時，耳邊忽然傳來三味線的琴聲。或許有人覺得「你明明是個畫家，又不是音樂家」不過我對這種樂器的認知其實很奇特，我知道它的聲音，但不論是第二根弦升了一個音階，或第三根弦降了一個音階，在我聽來都差不多。在這個雨水也來助興的寂靜春夜裡，能浸泡在深山溫泉中，讓靈魂也隨春之泉浮沉，同時愜意地聽著遠方傳來的三味線琴聲，實為一大樂事。從那沉穩的音色判斷，這似乎是京阪地區的檢校[1]的地唄[2]，聽起來又像太棹[3]。

1 盲人最高的官名，此指俗樂的老師。
2 又名上方唄，江戶時代在京阪一帶流行的三味線樂曲。
3 替義太夫節伴奏用的三味線，另有中棹與細棹。

小時候，我家對面有間名為「萬屋」的酒館，那戶人家有個女兒，名叫阿倉。每到恬靜的春日午後，阿倉都會練習長唄[1]。一旦她開始練習，我就會跑到院子裡。在十坪多的茶園前方，有三棵松樹並列在客房的東側，這些松樹皆是樹圍粗達三十公分左右的大樹，有趣的是，這三棵樹靠在一起形成了一種充滿意趣的形狀。對當時年幼的我來說，光是望著這些松樹就會覺得很愉快。松樹下有塊紅色石頭，上面擺著一只生鏽的鐵燈籠。我最喜歡凝視那只燈籠，每次看到都覺得它像一個坐在石頭上的頑固老爺爺。燈籠周遭都是從長滿青苔的土中探出頭的春草，若無其事地享受俗世之風。當時我總喜歡在草叢中找一小塊空隙，蹲在這三棵松樹下，望著燈籠，聞著草香，聽著遠處傳來阿倉的長唄樂聲，這是我每天的例行公事。

如今阿倉應該早已嫁人，成為一個整天坐在櫃臺收帳的黃臉婆吧。我不知道她與丈夫相處得如何，就像我也不知道燕子是否年年歸來，並用嘴啣泥、忙碌地築巢。我怎麼也無法將燕子與酒香抽離我的想像。

我不知道那三棵松樹至今是否仍維持那有趣的形狀，但鐵燈籠肯定早已損壞。我也不知春草是否還記得過去曾蹲在那裡的人，不過對於一個在當時都不曾說過話的人，如今應該也不可能會有印象。當時阿倉小姐日日吟唱「旅衣為鈴懸」[2]的聲音，我想我也記不得了。

三味線的聲音在我眼前形成一幅全景圖，正當我沉浸在過往回憶，變成二十年前那個少不更事的小孩時，浴場的門忽然被打開。

我依然泡在溫泉裡，只有視線投向門口，想著會是誰來了？由於我靠在浴槽離入口最遠的邊緣，因此通往浴槽的樓梯就在我斜前方六公尺處。我抬頭望去，什麼也沒看見，但沒多久就聽見了屋簷上的雨滴聲，原來三味線的琴聲已在不知不覺中停止了。

樓梯上終於出現了什麼，照亮這間寬闊浴場的只有一個小小的吊燈，即使沒有朦朧的水蒸氣，也很難看清周遭，更何況是在霧氣瀰漫的這個時候。因此我根本無法判斷究竟是誰站在這無處可逃的浴場裡。對方一階階地走下樓梯，在還沒進入燈火照亮的範圍前，無論此人是男是女，我都無法出聲。

1 長唄又名江戶長唄，作為江戶歌舞伎伴奏曲之三味線音樂。
2 鈴懸為日本修行僧穿在結袈裟外的麻衣，此句為長唄〈勸進帳〉的首句歌詞。

黑影又往下走了一步。那人腳下的石頭看起來宛如天鵝絨般柔軟，若根據腳步聲來判斷，對方應該不會再移動，此時他的輪廓也漸漸浮現。我畢竟是畫家，看見人體骨骼時，視覺會變得格外敏銳。當那人又動了一下時，我才發現自己和一個女人同在一池溫泉中。

正當我思索她究竟有沒有注意到我的時候，她的身影立即毫無遮掩地出現在我面前。水蒸氣籠罩四周，包圍住柔和光線的每個水分子形成粉色的溫暖光幕，女子的黑髮在其中如流雲般瀉下，當我看見女子挺直背脊的姿態，一切的禮節、操守、風紀，全從我腦中消失，心裡只想著，我終於發現一個美麗的作畫題材。

我不曉得古希臘的雕刻是如何，但每當我看見近代法國畫家傾注生命所畫出的裸體畫時，由於露骨之美描寫至極致的痕跡實在太過明顯，因此總覺得那些畫作欠缺幾分風雅，流於低俗。然而直至今日，我卻始終為找不到它們為何低俗的答案而感到煩悶。肉體一旦被遮蔽，美麗便被擋住；若不遮掩，則又顯得鄙俗。現代的裸體畫不過是利用技巧來掩飾過於露骨的鄙俗感，但若直接描繪褪去衣物後的體態，則又欠缺了什麼，感覺就像只是想將裸體強壓進衣冠楚楚的世界。雖然穿著衣服，卻忘記人類的常態，並試圖賦予赤裸一切權利。明明十分便已足夠，卻要刻意達到十二分、十五分，只想強調「裸體」的感覺。當作畫技巧達到這個階段，人們便會替觀賞者強冠上低俗之名。當我們急著想將一件美好的事物變得更美時，反而會削減其美感。在人際關係上也是如此，所以才會有過猶不及這種說法。

放空與無邪代表著閒適。不論對畫、詩，或文章，閒適都是必要的。現代藝術的一大弊病就是文明潮流不斷驅策藝術家，使他們處處拘泥，心胸狹隘，裸體畫就是最好的例子，都市裡的藝妓也是。她們以出賣色相，逢迎諂媚來換取金錢，面對嫖客時，她們只擔心自己的容貌在對方眼中是什麼樣子，而年年可見的沙龍目錄也充滿類似這些藝妓的裸體美人，她們不但沒有一分一秒忘記過自己的裸體，更繃緊神經，極力想將自己的裸體呈現在觀眾眼前。

在我面前的娉婷身影不帶任何足以遮蔽這雙世俗之眼的塵埃，若說她的身影是褪去常人衣裳的姿態，就是對她的一種貶抑。打從一開始，她就穿著有如神人從雲中喚起的羽裳。

瀰漫室內的水蒸氣在填滿每個角落後，仍不斷湧上，春夜裡的半透明燈光潰散四溢，形成一片深濃、搖晃著的霓虹世界，模糊了朦朧的黑髮，而純白的身影則從雲底逐漸浮現，輪廓漸顯。

她的脖頸微微往內向雙肩延伸而下，形成豐腴、圓潤的線條，最後分開成五隻指頭。原本起伏的波浪在豐滿的乳房下方變得平滑，然後又微微揚起，讓緊致的下腹更為突顯。緊實的感覺往後延伸，盡頭處分開的肌肉為了保持平衡而微往前傾，承受重量的膝蓋重新立起，優美的弧線拉長至腳跟，最後平坦的雙足將一切糾葛輕易地踩在腳底。

世上再也沒有如此錯綜複雜又和諧的搭配，也絕對找不到如此自然、柔美、毫無抵抗且不帶一絲苦楚的輪廓。

這女子的軀體不像一般的裸體那般露骨地突然出現，而是在一種幽幻的氛圍裡，若有似無地表達出最深奧的美；又彷彿將片片龍鱗點綴於潑墨淋漓之間，讓人於楮墨外想像虯龍，從藝術角度來看，這已具備無懈可擊的氣氛、暖意與邈遠迷茫的感觸。假使將每片龍鱗都仔細描繪出，便會顯得此龍滑稽，在不以肉眼觀看赤裸肉體時，便可享受神往的無窮餘韻。當這女子的身形輪廓映入眼簾時，我彷彿看見逃離月桂的嫦娥，因為被彩虹追兵包圍而顯得躊躇不定的模樣。

她的輪廓漸漸浮現。就在我覺得嫦娥只要踏出一步，便會悲哀地落入凡間的那一剎那，她墨綠的秀髮宛如靈龜破浪的尾巴，瞬間揚起一陣風，並隨風飄散，白淨的身軀撥開漩渦似的煙霧，迅速步上樓梯，「呵呵呵」的尖銳笑聲迴盪在走廊，漸漸遠離寂靜無聲的浴場。我吞了一口溫泉水，木然地佇立在浴槽中。驚訝的情緒像巨浪般湧上我胸口，耳邊只聽見泉水溢出浴槽外的沙沙聲。

八

主人邀我一同茶敘。除了我之外，還有一名僧侶與一個年約二十四、五歲的年輕男子。據悉那名僧侶是觀海寺的和尚，名為大徹。

從我房門外的走廊往右走到盡頭，再往左走到底，便是老先生的房間。房間約為六張榻榻米大小，但因為中央放著一張很大的紫檀木桌，因此空間比想像中還要狹窄。往座位一看，地上鋪的不是坐墊，而是繡花毯，應該是中國製的吧？毯子中間有個六角形，裡面繡有一幢怪異的房子與怪異的柳樹。六角形周圍是接近鐵灰色的藍色，毯子的四個角落染有褐色圓圈，圓圈裡還有苜蓿草的圖樣。我很懷疑中國人會把它拿來當作坐墊嗎，但若將它當成棉被應該也很有意思。如同印度的印花棉布或波斯掛毯，它的價值就在於它們的無用，而這塊繡花毯的意趣就是那令人煩躁的圖樣，而且除了繡花毯，這裡所有的中國器具都毫無意義，再怎麼看，也只能說這是既愚蠢又有耐心的人種所發明出來的東西，然而看著看著，竟然覺得愚蠢之處也相當尊貴。日本人總是抱著竊賊般的態度來製作藝術品，西洋藝術品則是又大又精細，而且不論到哪裡，都脫離不了沽名釣譽之感。我邊想著這些事邊坐了下來，而坐在我身邊的年輕人則佔去繡花毯的另一半。

和尚坐在虎皮上。虎皮的尾巴從我的膝旁經過，虎頭則在老先生的臀部下。老先生的臉上蓄著濃密的白鬍子，彷彿將頭髮全拔光，再移植到臉頰與下巴。他將托盤上的茶杯整齊地排放在桌上。

「今天因為難得有客人來住宿，所以特地請各位來喝杯茶……」他轉向和尚說。

「不，謝謝您的邀請。其實我也很久沒來了，正想著這兩天要過來一趟呢！」和尚說。

這名僧侶年近六十，一張圓潤的臉恰如以草書繪成的達摩。看來他與老先生是多年老友。

「這位就是客人嗎？」

老先生頷首，同時拿起朱泥壺[1]，在每個茶杯底部滴下兩、三滴帶點翠綠的琥珀色玉液。清新淡雅的芳香隨即撲鼻而來。

「一個人來到這種鄉下地方，想必很寂寞吧？」和尚立刻向我攀談。

「嗯。」我不置可否地說。說寂寞是騙人的，但說不寂寞，卻又需要一番很長的說明。

「唉呀，師父，這位先生是來作畫的，忙都來不及了，怎麼會寂寞？」

「喔，原來如此。太好了。您應該是南宗派[2]吧？」

「不是。」這次我回得肯定。但即使我說我畫的是西洋畫，這個和尚大概也不懂吧！

1 中國江蘇省產的紅褐色茶壺。

2 以唐朝王維為始祖的水墨畫流派，又稱文人畫派。

「不，是西洋畫。」老先生以主人的身分替我回答。

「喔？是西洋畫啊……這麼說來，就是類似久一先生的畫派？我最近才第一次看到久一先生的畫，真的很漂亮！」

「不，那不算什麼。」年輕男子這時總算開口。

「你畫的那些東西已經請師父看過了嗎？」老先生問年輕男子。從他的用字遣詞與態度來判斷，這兩人似乎是親戚。

「我才沒有特地請師父看。是我在鏡池寫生的時候，正好被師父看到。」

「原來是這樣。來，茶斟好了，請用。」老先生將茶杯放在每個人面前。茶量不過三、四滴，茶杯卻相當大。茶杯的底色是帶著褐色的深灰色，上面有以紅褐色及淡黃色的顏料繪成不知是畫還是圖案的東西，又或是畫到一半的鬼面，總之看不出是什麼，畫得很差。

「這是木工兵衛[1]。」老先生簡潔地說明。

「真有趣。」我也簡潔地稱讚。

「木工兵衛有很多仿製品，請看它的底部，那裡有署名。」他說。

我拿起茶杯，面向紙門端詳。紙門上映出蜘蛛抱蛋盆栽的影子，給人一股暖意。我側頭一看，杯底果然寫有一個小小的「杢」。從鑑賞的角度來看，署名其實不重要，但聽說有些怪人特別在意這一點。我沒放下茶杯，直接啜了一口，用舌尖一點一滴地品嚐這香濃甘甜、熱度適中的好茶，這實在是閑人最愜意的享受。一般人總以為茶是用喝的，但那其實錯得離譜。沒有一種液體滴在舌頭上時，能讓人感受到一股清新的感覺四溢，嚥下喉嚨之後，馥郁的芳香則直接從食道滲入胃裡。用牙齒咀嚼是貪婪的表現，水的味道太輕，濃重的玉露則迥異於淡水，讓人忘卻下顎的疲累。茶實為一種完美的飲料，若有人失眠，我一定會勸他喝茶。

不知何時，老先生端出一只青玉製的點心盤。我不禁佩服起工匠的鬼斧神工，竟能將一大塊玉石削得如此薄、如此工整。迎著光線望去，春天的陽光彷彿射入盤中便迷失了方向，找不到出口。盤中不要盛裝任何東西最好。

1 青木木米，一七六七至一八三三年。文中所提為其製作的陶器。

「因為客人對我的青瓷讚賞有加，所以今天我便特地拿一些出來給客人看。」

「哪個青瓷？啊，那只點心盤啊……那只盤子我也很喜歡。對了，你能不能在紙門上畫西洋畫？若可以，我想請你幫個忙。」

和尚開口向我要畫，我當然不會拒絕，只是不知我的畫風符不符合他的喜好。萬一我賣力地畫好後，只換得一句「西洋畫果然不行」，那就太不值得了。

「西洋畫應該不適合紙門吧？」

「不適合嗎？也對，之前久一先生畫的那種，似乎也有點華麗。」

「是我畫太差，根本上不了檯面。」年輕男子似乎很不好意思，立刻謙虛地說。

「您剛才提到的那座池塘在哪？」我問年輕男子，或許找一天我也去看看。

「就在觀海寺後面的山谷裡，是個很幽邃的地方。其實我只是因為太無聊，所以才用以前在學校學過的東西，隨便畫畫看罷了。」

「觀海寺是……」

「觀海寺就是我住的地方。那裡很漂亮，連大海都可以一覽無遺。趁你還住在這裡時，找個時間來看看吧！距離這裡才五、六百公尺。從那條走廊，應該可以看見通往寺廟的樓梯。」

「真的可以去打擾嗎？」

「當然可以，我隨時都在。這裡的小姐也很常來。對了，說到小姐，今天怎麼好像沒看到那美小姐。她怎麼了嗎，老先生？」

「大概是出門了。久一，她有去找你嗎？」

「沒有，我沒看到她。」

「可能又一個人去散步了，哈哈哈哈。那美小姐的體力很好喔！前幾天我到礪波[1]去做法事，在姿見橋看見一名女子長得很像那美小姐，沒想到真的是她。她把衣襬綁在腰間，穿著草鞋，突然對我說：『師父，你動作慢吞吞的，要去哪裡？』讓我嚇了一大跳！哈哈哈哈。我反問她：『妳這副打扮，又是要到哪裡？』她便說：『我剛剛才去採完芹菜，現

1 位在富山縣西部礪波平原中央的都市。

在正要回家。師父要不要也拿一些？』接著把沾滿泥巴的芹菜塞進我袖子裡。哈哈哈哈……」

「真是……」老先生苦笑了一下，便突然起身，「其實我想讓您看看這個。」

老先生巧妙地將話題拉回。他從紫檀木書架上小心翼翼地取下一個紋織緞子製成的舊袋子，袋子看起來很重。

「師父，你有看過嗎？」

「這到底是什麼？」

「這是硯臺。」

「喔？是哪一種硯臺？」

「據說是山陽[1]的珍藏……」

「不，我沒看過。」

「還有春水[2]的硯蓋可替換……」

「原來如此，我沒看過，到底是什麼樣子？」

老先生慎重地打開袋口，露出紅豆色的方形石硯一角。

「顏色真漂亮。是端溪硯嗎？」

「沒錯，是端溪產的，而且還有九個鴝鵒眼[3]。」

「九個？」和尚似乎感到很驚訝。

「這就是春水的硯蓋。」老先生拿出覆著花緞的薄硯蓋。上面有春水寫的七言絕句。

「原來如此。春水是不錯，不過論書法還是杏坪[4]略勝一籌。」

「確實是杏坪比較好。」

「山陽似乎最差。他雖有才子的傲氣卻流於俗氣，一點意思也沒有。」

「哈哈哈哈。因為知道您討厭山陽，所以今天特地先換下山陽的掛軸。」

1 賴山陽，一七八〇至一八三二年，江戶後期的儒學家。

2 賴春水，一七四六至一八一六年，賴山陽之父，廣島藩的儒學家。

3 端溪硯石上的斑紋呈圓點狀，大小像鴝鵒（八哥）的眼睛，故稱鴝鵒眼。

4 賴杏坪，一七五六至一八三四年，賴春水之弟，廣島淺野藩的儒學家。

「真的嗎？」和尚的頭往後轉。壁龕的地板被擦拭得光亮如鏡，生鏽的古銅瓶裡插著高約半公尺多的木蘭，妥善裝幀在錦緞上的巨幅掛軸是荻生徂徠[1]的作品。雖然掛軸的材質並非絹布，但由於這件作品歷史悠久，字的巧拙無須贅言，甚至連紙色也與周圍的布料完全融合。倘若那塊錦緞是新的，這幅掛軸也許不會顯得如此古意盎然，但由於錦緞的顏色已褪，繡上金色的線也變得黯淡，華麗盡滅，更突顯其淡雅，因此整體才能如此契合，而象牙白的掛軸在黑褐色的砂壁上更顯鮮明。除了前方那盆木蘭稍具立體感以外，壁龕整體的意趣都過於沉靜，甚至帶有幾分陰鬱。

「這是徂徠吧？」和尚望著掛軸說。

「或許你也不太喜歡徂徠，但我想徂徠總比山陽好，所以……」

「徂徠比山陽好太多了。享保[2]年間的學者，就算字難看，至少也具有品格。」

「『如果廣澤[3]是日本最傑出的書法家，我就是漢人中最拙劣的人。』說這話的人應該是徂徠吧，師父？」

「我不知道。但他的字也沒有好到足以出此狂言，哈哈哈哈。」

「對了，師父，您的書法是師承於誰？」

「我？禪僧是不看書，也不習字的。」

「可是您應該有向誰學過吧？」

「我年輕時有練過一點高泉的字，但也僅止於此。不過只要有人要求，我隨時都能寫喔，哈哈哈哈。對了，那個端溪硯臺也拿出來讓我們看看吧！」和尚催促道。

老先生總算拿下袋子，在座所有人的視線全集中在硯臺上。硯臺厚約六公分，比一般尺寸大上一倍；十二公分與十六公分的長寬則與一般相同。硯蓋是磨成鱗狀的松樹皮，上面用紅漆寫著兩個字，我不知道那是什麼書體。

「說到這個硯蓋……它可不是普通的硯蓋。如各位所見，它是松樹的樹皮，不過……」

老先生的話說到一半，便將視線投向我。然而不論這個用松樹皮製成的硯蓋有什麼來

1 一六六六至一七二八年，江戶中期的儒學家。
2 江戶中期櫻町天皇的年號，一七一六至一七三六年。
3 細井廣澤，一六五八至一七三五年，江戶中期的學者、書法家。

歷，身為畫家的我也沒什麼感覺，因此……

「松樹做成的蓋子還真有點俗氣。」我說。

「如果只是單純的松樹皮，或許真的有點俗氣，但這可是山陽住在廣島時，剝下他家庭院的松樹樹皮，親手製作的！」老先生舉起手否定道。

我原本就覺得山陽俗氣，因此毫不掩飾地反駁說：「既然是親手製作，應該會更粗糙一些吧！也沒必要刻意磨亮鱗片的部分。」

「哈哈哈說得好！這個硯蓋看起來實在太不值錢了。」和尚立刻附和。

年輕男子用同情的眼神望向老先生。老先生則略顯不悅地打開硯蓋，露出底下的硯臺。

若說這個硯臺有什麼值得讓人定睛細看的特殊之處，那就是它表面的精細雕刻。硯臺正中央有個約懷錶大小的圓形突起，象徵蜘蛛的背，高度與硯臺邊緣差不多，蜘蛛的八隻腳則由中央向四方伸出，一一抱住鴝鵒眼，剩下的一個鴝鵒眼位在蜘蛛背部正中央，看起來流著黃色的汁液。除了蜘蛛的背部、腳與硯臺邊緣，其餘的部分全被鑿空，形成深約三公分多的凹槽。我想，蓄積墨水的地方應該不是這裡，因為即使是一合水，也填不滿這麼深的凹陷，所以應該是用銀杓從水盆中取水滴在蜘蛛背上，再用貴重的墨條磨墨。若非如此，即使身為硯臺，也不過是書房內的裝飾品。

「請看它的觸感和鴝鵒眼。」老先生用垂涎欲滴的態度說。

原來如此，它的顏色果然愈看愈漂亮，讓人不禁覺得若在冰冷潤澤的表面呼出一口氣，水氣就會立刻凝結成一朵雲。鴝鵒眼的顏色更是令人驚嘆，與其說那是鴝鵒眼本身的顏色，不如說是鴝鵒眼與硯臺相交的部分漸漸變色，但究竟是何時變色的，用肉眼根本看不出來，就像在紫色的蒸羊羹中，隱約可見深嵌其中的菜豆。鴝鵒眼只要有一、兩個就已彌足珍貴，這塊多達九個的硯臺幾乎可說是絕無僅有，而且九個鴝鵒眼更以等距離整齊排列，讓人不禁懷疑這硯臺是否人工打造。總之，真是世間難得的逸品。

「原來如此，真的很棒。光是用看的就覺得很好了，沒想到連觸感也讓人心曠神怡。」說完，我將硯臺遞給坐在身邊的年輕男子。

「久一懂這種東西嗎？」老先生笑問。

「我怎麼會懂。」久一以略帶自嘲的口氣說。

年輕男子將這塊難懂的硯臺放到面前端詳，接著有點可惜似地將它遞給我。我再度細細撫摸它，這才小心翼翼地將它遞給和尚。那和尚拿在掌中仔細觀賞後，似乎仍嫌不過癮，接著用深灰色的棉質衣袖擦拭蜘蛛的背部，不斷賞玩散發光澤的部分。

「老先生，這顏色真漂亮。你用過它了嗎？」

「沒有，買來後都沒用過，因為我不想草率地用它。」

「我想也是。這種硯臺在中國應該也很稀有吧？」

「是啊！」

「我也好想要一個，乾脆拜託久一先生好了。如何？能幫我買一個回來嗎？」

「哈哈，說不定在找到硯臺前，我就先死了。」

「現在還真不是找硯臺的時候。對了，你何時出發？」

「就這兩、三天。」

「老先生，你可要送他到吉田喔。」

「我都一把年紀了，如果是平常可能還要視情況而定，但他這次一去，說不定就再也見不到面了，所以有想要去送他。」

「叔叔您不用來送我也沒關係。」

看樣子，年輕男子似乎是老先生的姪兒，怪不得兩人有幾分神似。

「別說傻話了，還是讓他送你一程吧！只要走水路就沒問題，你說是不是，老先生？」

「是啊。走山路確實會很辛苦，但若是繞個路坐船的話……」

年輕男子沒再推辭，只是沉默不語。

「你要去中國？」我問。

「嗯。」

一聲「嗯」的回答雖然稍嫌不足，但我也沒追問的必要，於是就此打住。我望向紙門，發現蜘蛛抱蛋的影子稍微變動了一些。

「他原本是志願兵，因為這次的戰爭才被徵召。」

老先生替年輕男子說出他近日即將至滿州出征的命運。我本以為在這個如詩如夢的春之鄉野中，只有鳥啼、落花與湧泉，沒想到我竟錯得如此離譜！原來現實世界會越過山、渡過海，連只住著平家後裔的老舊村莊都不放過。染紅滿州曠野的血海，其中有萬分之一，或許是由這年輕男子的動脈噴灑而出，也或許來自被他長劍所傷的敵人身上。然而這年輕男子的身邊竟坐了一個只會作夢，認為人生沒有任何價值的畫家。我與他的距離是如此接近，彷彿只要仔細聆聽，便能聽見他胸口鼓動的聲音，而那鼓動聲中，或許早已響起湧上百里平原的巨浪聲響。命運只是突然安排兩人共聚一堂，卻對其餘一切隻字不提。

九

「您在讀書嗎？」女子問。

我回房後，便隨手抽出一本綁在三腳椅上的書來閱讀。

「請進，沒關係。」

女子一點兒也不客氣，大剌剌地走進來在我面前坐下。我第一眼便看見她露出暗色半襟[1]的白皙頸子，兩者形成強烈的對比。

「這是外文書嗎？內容一定很難吧？」
「不會呀！」
「不然那書裡寫了些什麼？」
「這個嘛……其實我也不太懂。」
「哈哈哈哈，所以才在讀書嗎？」
「我不是在讀書，只是將書放在桌上，隨意翻開一頁看看。」
「這樣很有趣嗎？」
「很有趣。」
「為什麼？」
「沒為什麼，小說就是要這樣讀才有意思。」
「這種方法還真是奇特。」

1 指穿著和服時加在襯衣領口上的裝飾用布條。

「對呀，是有點怪。」
「從頭開始讀不好嗎？」
「如果非得從頭開始讀，不就一定要讀到最後？」
「好怪的邏輯。就算讀到最後也沒什麼不好不是嗎？」
「當然沒什麼不好，如果只是要看故事內容，我也會這樣做。」
「不看故事內容那要看什麼？除了內容，還有什麼能看？」
我心想，女人果然都一樣。我突然萌生想測試她的念頭。
「妳喜歡讀小說嗎？」
「我？」女子模稜兩可地接道「這個嘛……」
看來她大概不太喜歡小說。
「連自己是喜歡還是討厭也搞不清楚嗎？」
「小說這種東西，看或不看都……」她的眼中似乎根本沒有小說的存在。
「所以不論是從頭讀起，或隨便翻開一頁就讀，不也沒有差別？妳也不需要像剛才那樣吃驚吧？」

「可是您和我不一樣。」

「哪裡不一樣？」我凝視她的雙眼，想藉此開始測試她，但她的雙眸卻一動也不動。

「呵呵，您不知道嗎？」

「妳年輕時應該讀了很多書吧？」我決定停止與她在小巷裡硬碰硬，改由後方繞路。

「可惜，我現在也很年輕啊。」

放出的老鷹再度來襲，對她實在不能掉以輕心。

「會在男人面前說這種話，就代表妳已經老了。」我總算扳回一城。

「說出這種話的您年紀也不小了吧！年紀都這麼大了，還會覺得那些愛情、發胖、長青春痘之類的事很有趣嗎？」

「會啊，很有趣呢！一直到死也會覺得很有趣。」

「是嗎？難怪您會成為畫家。」

「一點也沒錯。因為我是畫家，所以不需要將一本小說從頭讀到尾，不論從哪裡開始對我來說都很有意思。跟妳說話也是，我希望住在這裡的每一天，都能與妳聊聊天，就算愛上妳也沒關係，如果真的愛上妳那就更有意思了。但是不論我多麼愛妳，都沒必要與妳結為夫妻。若愛上一個人，就必須與之共結連理，那麼小說也必須從頭讀到尾才行了。」

「這麼說來，當畫家愛上一個人時，會變得不近人情？」

「這不是不近人情，而是用一種超脫世俗的方式來愛人。我也是用這種方式讀小說，所以故事情節對我來說根本不重要。像這樣抽籤似地隨便翻開一頁就開始閱讀，才叫有意思。」

「原來如此，聽起來的確很有趣。那麼請您告訴我，您現在讀的部分在說些什麼。我想知道到底會有什麼有趣的東西。」

「我不能說。畫也一樣，如果將畫當成故事，畫就一點價值也沒有了。」

「呵呵是嗎？那麼，請您唸給我聽。」

「用英文嗎？」

「不，用日文。」

「用日文唸英文很吃力。」

「有什麼關係，不用拘泥於世俗的想法。」

我想這或許不失為一種樂趣，便照她的要求，開始用日文斷斷續續地朗讀那本小說。假如世上真有一種超脫世俗的讀書方式，那一定就是這樣，而聆聽我朗讀的女子，當然也是抱持超脫世俗的態度。

「女人身上吹來溫柔的風，從她的聲音、她的眼睛、她的肌膚吹來。女人在男人的攙扶下，漫步於船首，她是為了眺望威尼斯的夕陽嗎？而攙扶她的男人是為了讓閃電隨自己的血液奔流[1]嗎——為了脫俗我唸得很隨便，說不定有很多地方都省略了。」

「沒關係，照您的意思即可，要如何增刪都可以。」

「兩人一同倚著船舷，他們之間的距離比隨風飄動的緞帶寬度還窄。女人說，她要與他一起離開威尼斯。威尼斯的道奇皇宮宛如第二個夕陽，在一片紅暈中漸漸淡去……」

1　出自喬治・梅瑞迪斯所著《Beauchamp's Career》（一八七六）第八章〈A Night on the Adriatic〉中的一節。

「道奇是什麼？」

「是什麼不重要，我只知道是以前威尼斯統治者的名字，好像也延續了好幾代。而他們的皇宮現在都還留在威尼斯。」

「那男人與那女人又是誰？」

「我也不知道他們是誰，但就是因為這樣才有趣。他們兩人有什麼關係一點也不重要，就像現在共處一室的我們，就是要在這個場景下才有意思。」

「是這樣嗎？他們好像在船上對吧？」

「不論在船上或山上，只要是作者寫下的場景就好。若妳再繼續追問為什麼，就會變成偵探了。」

「呵呵，我不會再問了。」

「一般小說全是偵探發明的，由於沒有非人情的事物，所以一點意思也沒有。」

「那麼，請繼續告訴我超脫世俗的後續發展。」

「威尼斯不斷下沉，成為一抹淡淡劃過天際的線。線從中斷掉，只剩一個點。圓柱聳立在蛋白石般的天空，最後連最高的鐘樓也沉入水底。『沉沒了』女人說。即將離開威尼斯的女人，心情如吹過天空的風般自由，然而，隱沒的威尼斯卻令這必須歸來的女人飽受羈絆之苦。這兩人眺望漆黑的海灣，星星愈來愈亮。海水輕柔地搖晃，沒有濺起泡沫。男人執起女人的手，感覺就像握住一根不停振動的弦……」

「聽起來似乎還滿世俗的。」

「這應該已經相當遠離世俗人情了吧？不過如果妳不喜歡，我可以再多刪減一些。」

「我不介意。」

「我比妳更不介意。接下來……呃，變得有點難，很難翻譯。不，是很難讀。」

「要是真的很難讀，就省略吧！」

「也好，我就隨便一點。女人說：『我們只有這一夜。』男人則問：『一夜？只有一夜未免太冷淡了，至少要好幾夜才行。』」

「這是女人說的還是男人說的？」

「男人說的，因為女人不想回到威尼斯，所以男人才這麼安慰她——男人以帆繩為枕，倒臥在午夜的甲板上，那一瞬間——彷彿滴下一滴熱血的瞬間——握住她手的那一瞬間，宛如巨浪湧進男人的記憶。男人仰望漆黑的夜空，決定要將女人從婚姻的深淵中拯救出來。如此決定後，男人閉上了眼睛。」

「那女人呢？」

「女人迷失了方向，卻不知自己迷失在何方。她彷彿被帶往無邊無際的天空，只有不可思議的無限——下面有點難，無法構成句子，只有『不可思議的無限』……有什麼適合的動詞嗎？」

「還需要動詞嗎？這樣已經夠了。」

「咦？」

山間的樹木同時發出轟然巨響。就在我們四目相接的下一秒，桌上插有一朵茶花的小花瓶開始搖晃。

「地震！」

女子輕聲喊叫，並挨近我的書桌跪坐下來，我們的身軀幾乎快貼在一起。一隻雉雞忽然發出尖銳的叫聲，拍著翅膀從竹林中竄出。

「是雉雞。」我望向窗外說。

「在哪裡？」女子的身體靠向我。

我和她的臉貼得極近，她的鼻息甚至能碰到我的鬍鬚。

她立刻端坐好，嚴肅地說：「不合乎禮節。」

「當然。」我也立刻回答。

岩石凹陷處的積水受到震動，緩緩起伏。地盤的巨響在深深的底部造成波浪，卻只在表面形成不規則的曲線，「圓滿地動」這詞彙一定是用來形容這樣的情形。將影子沉穩地倒映在水中的山櫻花，與水面一同伸長、縮短、晃動與扭曲，無論倒影如何變化，卻始終保持山櫻花的姿態，實在非常有趣。

「真是有趣，美麗又充滿變化。若它不這麼動，反而沒有意思。」

「如果人也那樣動，不論怎麼動都沒關係吧？」

「倘若沒有脫離世俗人情，就不能這樣動。」

「呵呵，您真的很喜歡脫離世俗人情。」

「我想妳應該也不討厭吧！昨天還穿著振袖——」

我才說到這兒，女子便突然用撒嬌似的聲音打岔。

「給我一些獎賞吧！」

「為什麼？」

「因為您說您想看，所以我才特別穿給您看。」

「我說我想看？」

「聽說有位從山的另一頭來的畫家，特別拜託茶屋的老婆婆。」

我頓時不知該如何回答。女子見狀隨即又說：

「對這麼健忘的人，就算再怎麼努力回報，也是白費。」

這話似乎充滿嘲諷、憎恨，並給我迎頭痛擊。雖然情勢對我愈來愈不利，然而一旦被對方搶得先機，便很難找到反擊的空隙。

「那麼昨晚在浴場的事也是出於妳的好心？」就在千鈞一髮之際，我終於挽回頹勢。

女子沉默不語。

「真對不起，讓我送妳一些東西當作回禮吧！」我搶先說。然而不論我說什麼都沒用，她只是若無其事地望著大徹和尚寫的匾額。

「竹影掃階塵不動。」她在口中喃喃低語，接著又看向我，彷彿突然想起什麼似地故意大聲說「您剛說什麼？」

「我剛才見過那位和尚。」我不吃她那一套，展現出「圓滿的動」，有如因地震而搖晃的池水。

「您是說觀海寺的和尚嗎？他很胖，對吧？」

「他要我幫他在紙門上畫西洋畫，和尚的話還真難懂。」

「就是因為這樣他才會那麼胖。」

「另外我還見到一位年輕人。」

「應該是久一吧！」

「對，就是久一。」

「您還真瞭解。」
「我只知道他叫久一，其他的事一概不知。他好像不太喜歡說話吧？」
「不，他只是客氣，畢竟還是個孩子……」
「妳說他是個孩子？他的年紀應該和妳差不多吧？」
「呵呵是嗎？他是我堂弟，因為就要去打仗了，所以特地來道別。」
「他現在住在這裡嗎？」
「不，他住在我哥哥家。」
「那麼，他是特地來喝茶的？」
「比起茶他更喜歡白開水。家父真不應該叫他來，他身為客人，一定因為腳麻而不知如何是好吧！要是我也在場一定會讓他先離開。」
「和尚有問起妳去哪裡了，他說妳是不是又獨自去散步了。」
「對呀我去鏡池繞了一圈。」
「我也想去鏡池看看。」

「去看看吧。」
「那裡是個適合作畫的好地方嗎？」
「是個適合自殺的好地方。」
「我還沒有自殺的打算。」
「我可能在這幾天就會自殺。」
這玩笑也太誇張了，於是我抬起頭，沒想到她竟是一臉認真。
「我自殺後，請您將我浮在水面的模樣——不帶痛苦，而是彷彿沉沉睡去般——畫成一幅美麗的畫吧。」
「什麼？」
「嚇到了吧？嚇到了吧？嚇到了對吧！」
女子倏然起身。在她走到距離三步遠的房門時，又回頭露出一抹微笑。我不禁茫然許久。

十

我前往鏡池。從觀海寺後方的杉木林走下山谷，到達對面的山的途中路分成兩條，自然地環繞著鏡池。池邊長有許多山白竹，有些路段的竹葉還自路的兩側交叉重疊，通過時幾乎無法不發出聲音。從樹林望出去雖然可以看見池水，但整個鏡池究竟有多大，還是要繞過一圈後才知道。

我開始沿池邊步行，發現它比我想像中小，周長不到一公里，而且形狀非常不規則，處處可見岩石橫躺在水邊。池邊到水面的高度也如池塘的形狀，拍向池邊的波浪不規則地起起伏伏。

鏡池四周有許多雜木，數不清到底有幾百棵，其中有些植物尚未發出新芽。在枝葉的空隙間、春天陽光的洗禮下，仍有萌芽的矮樹叢，樹叢間偶爾可見壺菫的淡雅身影。

由於日本菫給人的感覺彷彿總是在沉睡，西方人便以「天外奇想」來形容它，但我認為並不適合。想到這我停下了腳步。一旦停下來，我就會一直待在原地直到厭煩為止。能這麼做的人非常幸福，因為若在東京這麼做，立刻會被電車碾斃，即使沒被電車碾斃，也會被警察逮捕。所謂的都市是將安分的百姓當作乞丐，並給如同小偷首領的偵探支付高薪的地方。

我安坐在一片如茵綠草上，即使在這裡坐上五、六天不動，也不必擔心會有人來抱怨。大自然值得人類感激之處就在此，即使發生天災時它也總是毫不留情，但它從不曾因人而改變態度。不將岩崎或三井放在眼裡的人，要多少有多少，但能冷眼看待古今帝王權威，將其視若無物的，就只有大自然。大自然的德行遠遠超越凡塵，並樹立一種廣大無邊且絕對的平等觀。與其跟隨無聊的世人起舞，無端招來如泰門[1]般的憤怒，還不如在九畹滋蘭、百畝樹蕙[2]中生活。世人皆強調公平與無私，若真是如此，何不每日誅戮千名小賊，用其屍首灌溉滿園花草。

思緒一旦落入說理就會變得無趣。我特地來到鏡池，絕非為了思索這種中學程度的觀

1 Timon，莎士比亞所著之《雅典的泰門》中的主角。劇中敘述善良的泰門因破產而遭受朋友遺棄，一怒之下便決定進行報復。

2 語出《楚辭・離騷》之「余既滋蘭之九畹兮，又樹蕙之百畝」。

念。我從袖裡拿出香菸，「唰」地擦了一下火柴，卻沒看見火光。我吸了一口敷島[1]，煙便從鼻子冒出，這才發現原來香菸早已點著。火柴在低矮草地中吐出如龍似的細煙後，隨即熄滅。我挪動身體，慢慢移向能看清水邊的位置。腳下的草地自然延伸至池邊，直至雙腳幾乎可以踏進溫暖池水的位置。

我凝望池水，視線可及之處似乎不深，沉於池底的細長水草早已死去。除了「死去」我不知道該用什麼詞彙來形容。山丘上的芒草隨風搖曳，海藻等待波浪深情的邀約，而在水底等上一百年也不會動的水草，早已做好蓄勢待發的準備，將多年來的願望寄託在草莖上，朝朝暮暮、遙遙無期地盼著。但至今仍動彈不得，卻又無法死去，只能繼續活下去。

我站了起來，從一旁的草叢裡順手拾起兩顆石頭，將其中一顆拋入池中，當作功德一件。石頭一落入池中，有兩粒氣泡浮起然後旋即消失。我在心裡不斷反覆著「不見了、不見了」之際，池中有三株長髮似的水草慵懶地隨波蕩漾，而混濁的池水彷彿不想讓它們被發現似地，連忙從池底前來遮掩它們。南無阿彌陀佛。

這次我卯足了全力，用力將石頭往池中央扔。水面發出「噗通」一聲的微弱聲響。我不再理會沉寂的水面，也沒心情再丟石頭，便將畫具箱與帽子放著，往右邊繞去。

我爬上長約四公尺的緩坡，巨大的樹木覆在頭頂上方，讓我突然覺得冷了起來。對岸的暗處有茶花盛開，茶花的葉子太綠，即使在太陽的直射下，看上去也毫無輕快感。特別是那株位在岩石後方五、六公尺處的茶花，若是少了花朵便注定永遠靜靜地待在角落，不被人察覺。

那裡的花，就算花上一整天的時間也算不完究竟有幾朵。但這些花朵的鮮豔，令人只要一見到它們就不禁想知道它們的數量。然而茶花也僅止於鮮豔，並無朝氣蓬勃的感覺，就像突然間燃起的大火，讓人不自覺地被吸引住目光，令人嘆為觀止。

沒有比茶花還要會騙人的花了。每次看見茶花，我都會想到以漆黑雙眸勾引人，趁人不備之際將毒物吹進對方血管的妖女。我心想，早知道就別看了。茶花的顏色並非單純的紅，在醒目的豔麗背後，還有幾分不可言喻的沉穩風情。月光下的冷豔海棠只能讓人心生

1 一九〇四至一九四三年間，日本販售的香菸名稱。

憐愛之情，但沉穩的茶花與之則有天壤之別，那是一種陰森、帶有毒性與恐怖感的氛圍，看來雖然豔麗可人，骨子裡卻隱藏如此基調；雖不曾露出媚態，也看不出有蓄意引誘的模樣，只是恬靜地在無人深山裡綻放又凋落、凋落又綻放，度過了幾百年的悠悠歲月。然而只要看了一眼，絕無法抵擋其魔力。那不是單純的紅色，它彷彿那些被屠殺的囚犯所流下的血，在此吸引人們的目光，是令人感到不舒服的異樣紅色。

一朵紅花忽然輕輕落到水面。在這寂靜的春天中，有所動作的只有這朵花。然而過沒多久，又一朵紅花落下。那花並未散開，與其說它凋零，不如說它是從枝頭直接掉落。因為它一次從枝頭掉落，因此看起來似乎毫不留戀。從其落下後依然完整、堅固的模樣來看，總覺得它帶有毒性。

又有一朵落下了，再這樣下去，池塘的水可能會被染紅吧！我甚至覺得，落花靜靜漂浮的水面似乎已稍稍變紅；又落下了一朵，花朵靜靜地漂浮著，讓人看不出它究竟是落在地面還是水面上；又落下了一朵，它們究竟會不會沉入水底？我不知道年年不斷落下的數萬朵茶花是否會沉入水中、褪色、腐爛、化為塵泥，最後沉入池底，也不知道數千年後，這座池塘是否會不知不覺地被落下的茶花掩埋、填平。又有一朵大紅花，宛如染上鮮血的靈魂悄然墜落。又掉了一朵，一朵接著一朵，永無止盡地墜落。

若畫下一名美麗女子浮在這片池中的情景，不知會如何？我邊思索邊走回原處，再次點起菸陷入了沉思。那美小姐昨天的玩笑話如海浪般從記憶深處湧上心頭，而我的心彷彿大海上的一片浮木不斷搖晃。我想以那張臉為主題，讓她漂浮在鋪滿茶花的水面上，再讓幾朵茶花從上方掉落，呈現茶花不斷落下，女子也永遠浮在水面的感覺，只是不曉得畫不畫得出來。在〈拉奧孔〉裡——不論這篇文章裡寫了些什麼都無所謂，就算違背其原理，只要能表現出那樣的情感就夠了。

然而要在不脫凡人的情況下，表現出超越凡人的永恆並不容易。最令人頭痛的就是主角的臉，即使借用那美小姐的五官，表情也不對。若是只有苦痛，那麼一切就毀了，但若顯得一派輕鬆，卻又令人困擾。乾脆換成別張臉如何？這個人好？還是那個人好？我屈指算算，結果都不適合。看來還是那美小姐的五官最適合，只是似乎還少了些什麼，但我又不清楚到底缺了什麼，因此也無法憑自己的想像任意修改。如果加上一些嫉妒會如何？但嫉妒含有太多不安。厭惡？不，厭惡又太過激烈。憤怒？憤怒完全不協調。憎恨？除了春恨這種具有詩意的感情較為特殊之外，其他單純的憎恨太過俗氣。我不斷思索最後才發現，在眾多情緒中，我竟忘了「哀憐」。哀憐是一種神明不懂的情緒，而且是最接近神明的人才擁有的情緒。那美小姐的表情中不曾出現過這種情感，這就是她所欠缺的。當她遇見某種突如其來的刺激，眉宇之間閃過這種情緒時，便是我的畫作完成之時，只是我不知何時才能見到這種表情。平時掛在她臉上的，只有輕蔑的微笑與因為好勝而皺起的八字眉，光是這些表情無法構成一幅畫。

我的耳邊傳來腳步聲，心中的構圖頓時只剩三分之二。定睛一看，只見一名穿著筒袖[1]，背上揹著柴薪的男子正從山白竹林往觀海寺的方向走去。可能是從旁邊那座山上下來的吧！

「今天天氣真好。」對方拿起手巾向我打招呼。在他彎腰的瞬間，掛在腰間的柴刀也隨之發出一道閃光。那是一名年約四十、體格健壯的男子，我好像在哪裡見過他。男子熟稔的態度彷彿與我是舊識。

「您也在畫畫嗎？」我的畫具箱是開著的。

「是啊！我是專程來想畫這個池塘的。這裡真安靜，都沒人經過。」

「對呀！畢竟這裡是深山。您從山頂下來一定很辛苦吧？」

「咦？你不就是上次那位馬伕先生嗎？」

「是的。我常會上山砍柴，然後帶去城裡。」

源兵衛放下柴薪，坐在上面，接著拿出一個老舊的菸盒，盒子的材質不知是紙還是皮革。我借他火柴。

「每天都要上山砍柴很辛苦吧？」

「不會啦，我早就習慣了，而且我也不是每天都去。大約三天才去一趟，有時候是四天。」

「就算是四天一趟，我也沒辦法做到。」

1 一種袖子較緊的和服。

「哈哈哈哈，我是因為覺得馬很可憐，所以才決定大約四天去一趟。」

「真是的，原來你重視馬勝過自己，哈哈哈哈。」

「哈哈，也不是這麼說……」

「對了，這座池塘還真古老。它從什麼時候就在這裡了？」

「以前就在。」

「以前就在？多久以前？」

「總之就是很久很久以前。」

「很久很久嗎？原來如此。」

「聽說從很久以前，志保田家的小姐自盡時，這座池塘就已經在這裡了。」

「志保田家？你是說那個溫泉旅社的志保田家？」

「是啊。」

「可是你說小姐自盡，她現在不是還活得好好的嗎？」

「不，我說的不是現在這位小姐，而是更久以前的那位小姐。」

「更久以前的那位小姐？多久以前？」

「就是很久很久以前。」

「那位很久以前的小姐為什麼要自盡？」

「聽說那位小姐與現在這位小姐一樣美麗……」

「嗯。」

「一天，來了一名梵論字[1]……」

「是指虛無僧嗎？」

「是的。就是那種會吹尺八的梵論字。當他投宿在志保田村長的家裡時，那位美麗的小姐愛上了他，這該說是因果嗎？總之小姐堅持要與他在一起，甚至還為此哭了。」

「哭了？嗯……」

「但是村長大人不允許。他說梵論字不能成為他的女婿，還將他趕出去。」

1 即虛無僧，日本普化宗的帶髮僧。

「把那個虛無僧趕出去？」

「沒錯。結果小姐就跟著梵論字來到這裡，然後就在對面那棵松樹那邊跳入池塘裡，引起一陣大騷動。聽說因為她自盡時帶著一面鏡子，所以現在這座池塘才被稱為鏡池。」

「這麼說來，過去這座池塘就曾死過人了？」

「是呀，真是莫名其妙。」

「那是幾代之前的事？」

「好像是很久很久以前的事了。對了，還有一件事請您不要對別人說。」

「什麼事？」

「志保田家啊……每一代都會出一個瘋子。」

「喔？」

「這是真的，大家都說這是詛咒。現在的小姐最近也變得很奇怪。」

「哈哈哈哈，應該沒這種事吧！」

「沒有嗎？可是她母親就真的有點怪。」

「她母親還在家裡嗎？」

「不，去年過世了。」

「喔。」我凝望從菸頭冒出的細煙默默不語。源兵衛則背起柴薪離開。

我明明是來作畫的，若一直思考這些事、一直聽著這種故事的話，不論花上幾天也一定畫不出半幅畫。既然都把畫具箱帶出來了，今天至少也要畫個草稿才行。幸好對面的景色還算統一，就以那裡為主題多少畫一些吧！

一丈多的黑色岩石筆直地從池底突出，聳立在池水中，岩石右側可見山白竹從斷崖上方一直生長到池邊，沒有一絲空隙。再上方有一棵約需三人才可環抱的大松樹，爬滿蔦蘿的樹幹扭曲傾斜，有一半以上伸到水面上。抱著鏡子的女子應該就是從那塊岩石縱身跳下的吧！

我坐在三腳椅上，眺望要放進畫中的材料。這裡有松、竹、岩與水，但我不知道該將水放在哪個位置。岩石的高度約有三公尺，影子也約有三公尺；白山竹鮮明地映在水底，令人懷疑它其實是從池邊一直往池中延伸生長；至於高聳入雲的松樹，它有多高，影子就有多長。眼前這些景物根本無法同時在眼簾中出現，或許乾脆放棄描繪實物，只畫影子也別有一番趣味吧！畫出池水與池水中的倒影，再拿給別人看，告訴對方這是一幅畫，對方一定會嚇一跳吧！不過光是讓別人吃驚，似乎也太無趣，一定要讓對方驚覺、認同這真的是一幅畫才有意思。當我在心裡盤算著該如何下工夫的同時，一邊專心地凝望池水。

光是眺望影子，根本無法成為一幅畫。我想比較實物與倒影，於是將視線從水面慢慢上移。我沿著三公尺高的岩石影子末端，望向岩石與水面的交會處，接著又從交會處往水面上移，逐一端詳岩石表面的紋路。當視線不斷攀升至岩石頂端時，我突然像被蛇緊盯住的蟾蜍般，手中的畫筆不自覺地掉落。

晚霞穿過我身後的嫩綠枝葉，替晚春暮色裡的漆黑岩石增添了幾分色彩，而一張楚楚可憐的女子面容竟浮現其中，那是讓我驚嚇了數次的面容——在花叢中、在如夢似幻時、在身著振袖和服時，還有在浴場裡的時候。

我的視線盯著那女子的蒼白臉孔動彈不得，而身形修長的女子也只是直挺挺地立在高高的岩石上一動也不動，就在這一瞬間……

我不自覺地跳了起來，那女子也迅速轉身。我才剛瞥見她腰帶上一個彷彿茶花的紅色物體，她便早已往另一頭飛奔而去。夕陽掠過樹梢，染紅了幽靜的松樹樹幹，白山竹顯得更加翠綠。

而我，又被她嚇了一跳。

十一

我緩步走在山間的薄霧中。在一步步登上觀海寺的石階時，我作出了「仰數春星一二三」這句詩。我並非有事才來找和尚，也不想與他閒聊，只是不經意地走出旅社隨意漫步，碰巧來到石階下，輕撫刻有「不許葷酒入山門」的石碑一會兒後，突然心生喜悅開始爬上石階。

《項狄傳》[1]提到：「沒有其他書籍像本書，在撰寫方法上如此貼近神的旨意。」第

1 原書名為《Tristram Shandy》，為英國小說家史坦恩（Laurence Sterne）的小說。

一句是史坦恩所作，接下來則是我默唸神之名後，任由筆尖自行揮灑而出的句子。我當然不知道會寫出什麼東西，雖然拿筆的人是我，但寫下字句的卻是神，因此筆者不需為文章內容負責。

我也遵循這不負責任的作風，隨性散步。然而，不依靠神是更不負責任的行為。史坦恩在卸下自己責任的同時，也將責任推給神，但我沒有神能替我承擔責任，只好將之棄於溝渠。

爬上這段石階並不會花太多力氣。如果需要費好一番工夫才能爬得上去，我一定立刻掉頭就走。我爬上第一階，佇立其上，一股愉快莫名的感覺油然而生，我繼續爬上第二階，站在第二階後，我開始想作詩。我默默望著自己的影子，影子被方形石塊切成三段，看起來很奇妙，又因為感到奇妙，所以我繼續向上爬。我抬頭看天，朦朧天際深處有許多小星星不停眨眼。我覺得這應該能寫成詩句，於是又往上爬了一階。就這樣，最後我終於登上最頂端。

我在石階上想起一段往事。有一次我去鎌倉玩，依序造訪所謂的「五山」[1]。當時我應該是在圓覺寺的塔中[2]，正當我像現在這樣一步步地爬上石階時，門內走出一名身穿黃色法衣的大頭和尚。我要往上爬，他則要往下走。當我們擦肩而過時和尚用尖銳的聲音問：「您要去哪裡？」我停下來，告訴他我要去廟裡參拜。和尚立刻回說：「寺裡什麼都沒有。」接著便快速步下石階。由於他實在太灑脫了，讓我覺得自己略遜一籌。我在石階上目送和尚遠去，他搖晃著頭，身影消失在杉木林中，而且一次都沒回頭。

當時我心想，這和尚還真有意思！我緩緩走進山門，寬廣的庫裡[3]與正殿都空蕩蕩地不見人影。那時我打從心底感到一陣喜悅，世上竟有如此灑脫之人，而且也如此灑脫地待我。想到這裡，便覺心情無比暢快。我並非參透禪意，甚至連「禪」的第一筆該怎麼落也不知道，我只是很喜歡那個大頭和尚的言行舉止。

1 指禪宗中地位最高的五座寺廟。此指建長、圓覺、壽福、淨智、淨妙等五座寺廟。

2 塔中為禪宗本山中的小寺院，一般也稱為塔頭。本山為一個宗派中，統管所有小寺廟的寺廟。

3 寺院住持的居室。

這世界充滿煩人、惡毒、心胸狹隘、厚臉皮又討人厭的傢伙，還有人根本不知道自己為何會在這個世界，而這部分的人又佔了大多數。他們認為自己受到俗世之風吹拂的面積較大，並以此為傲。還花上五年、十年的時間，派偵探調查別人的臀部，計算別人放出的屁，然後認為那就是人世。

於是當他們站在人前時，即使對方沒有要求，他們也會主動告訴對方：「你放了幾個屁。」假設他們是在當事人面前說出來，多少還可以作為參考，但他們總在背後數落對方放了幾個屁，若向他們抱怨，他們反而說得更起勁；若要他們閉嘴，他們反而說得更多；就算對他們說「我知道了。」他們依然繼續數你放了幾個屁，因為他們認為，這便是處世的方針。

每個人的處世方針都不同，但最好的就是保持緘默，避免給旁人帶來麻煩是一種禮貌，但若堅持不給旁人帶來困擾而無法做事，那麼我也只好以放屁作為處世方針。倘若情況真演變成這樣，那麼日本也完蛋了！

不設立任何方針漫步在這美麗的春夜裡，其實是很高尚的。當興致來時，就依照興致來時的感受立下方針；當興致消失時，就依照興致消失時的感受立下方針；想到新詩句時，就在想到新詩句的當下立下方針；想不出新詩句時，就在想不出新詩句的當下立下方針。而且這麼做並不會對任何人造成妨礙，這才是真正的方針。計算人放的屁是一種人身攻擊的方針，而放屁則是一種正當防衛的方針，像我這樣登上觀海寺的石階，則是隨緣豁達的方針。

當我作出「仰數春星一二三」這句詩，並登上最後一級石階時，在朦朧中閃耀光輝的春之海看來就像一條和服的腰帶。我走進山門，此刻想作完這首絕句的想法已然消失，於是我立刻定下「停止作詩」的方針。

通往庫裡的是一條沒有分岔的石子路，右側是一道由日本茵芋形成的樹籬，樹籬對面應該是一座墳場，左側則是正殿，屋瓦在高處發出幽暗光芒。我抬頭仰望，數萬片屋瓦恰似數萬顆墜落的月亮。某處傳來陣陣鴿子鳴叫聲，也許是從屋脊傳來的吧！不知是否是我多心，屋簷周圍似乎有些白點，搞不好是鴿糞。

屋簷所在之處形成一排奇妙的影子，看來既不像樹，也不像草，倒有點像岩佐又兵衛[1]所繪的〈鬼之念佛〉中鬼停止念佛並開始跳舞的身影：鬼從正殿的一端整齊地排到另一端，並不停跳動，其影子亦由另一端排到這一端不停舞動。我想它們應該是被這個月色朦朧的夜晚誘惑，才會拋下大吊鐘、撞木與捐獻簿，前來這山中寺廟跳舞。

走近之後我看見一株大仙人掌，這株仙人掌高約兩公尺多，看起來就像小黃瓜被壓成湯匙狀，以握柄朝下的姿態，一根根地往上疊。我不知道它要疊幾根才會停止，但今晚似乎就會衝破房簷，突出屋頂。那些湯匙一定是從某處突然出現，撲向原有的湯匙，但新湯匙也是由舊湯匙生出來的小湯匙，經過長久歲月慢慢長大而成，這些湯匙與湯匙之間的連接實在誇張至極。這種滑稽的樹很罕見，而它也露出一副處之泰然的樣子。有人向一位僧人問：「如何才是佛？」僧人說：「庭前柏樹子[2]。」若我被問到同一個問題，我一定會毫不猶豫地說：「月下仙人掌。」

我幼時曾讀過晁補之[3]的遊記，現在還背得出幾句，「於時九月，天高露清，山空月明，仰視星斗，皆光大如適在人上。窗間竹數十竿，相摩嘎聲，切切不已，竹間海棕森然如鬼魅離立突鬢之狀，二三子又相顧魄動而不得寐，遲明皆去。」我在嘴裡反覆唸著這幾句詞，不自覺地笑了出來。我想或許換個時間與場景，這棵仙人掌也會驚動我的魂魄，一看到我就將我趕下山。我摸摸它的刺，只覺手指刺痛。

石子路走到底再往左轉，便通往廚房。廚房前有一株高大的木蘭樹，樹幹約一人張開手臂方能環抱，高度則超過廚房屋頂。我抬頭，發現樹枝就在我頭上，而層層疊疊的樹枝上方，還有一輪明月高掛。一般的樹枝若像這樣疊了一層又一層，常無法從樹下透過樹的枝葉仰望天空，即使有花也看不見。然而木蘭的枝椏不論再怎麼重疊，樹枝與樹枝之間仍保有縫隙。木蘭不會無意義地伸展樹枝，擾亂樹下人的眼睛；而且從樹下遙望，還能清楚

1 一五七八至一六五〇年，本名勝以，是融合土佐派與狩野派的風俗畫家。鬼之念佛是「大津繪」的題材之一，其內容為鬼身著法衣，手持法器的姿態。但一般人認為又平才是鬼之念佛的創始者，推測可能是漱石將岩佐又兵衛與又平搞混。

2 在《碧巖錄》、《無門關》等書中，有「如何是祖師西來意，州云庭前柏樹子」一句。漱石文中提到的僧人，指的是句中的「州」，也就是唐朝禪僧趙州。

3 一〇五三至一一一〇年，北宋詞人，蘇門四學士之一。文中漱石背出的詞出自晁補之的〈新城遊北山記〉。

看見一朵朵輪廓分明的花。雖然不知道那些花會開得多燦爛，但無論如何一朵花永遠是一朵花，在花朵與花朵之間的淡藍色天空永遠清晰可見。木蘭花當然不是純白色，單純的白會讓人感到寒冷，無瑕的潔白則突顯花朵欲引人注意的狡詐性情。但木蘭花的花色並非如此，它刻意避開極端的白，露出溫暖的淡黃色，顯得高雅且謙卑。我站在石子路上仰望沉穩內斂的累累花朵好一會兒，落入我眼中的只有花朵，沒有一片葉子。

凝望被木蘭花填滿的天空

我吟出這句詩，鴿子不知在何處與我同聲唱和。

我走進庫裡。庫裡的門戶大開狗也沒吠，可見這裡應該沒有盜賊出沒。

「請問有人嗎？」我問，但四周一片寂靜沒有回應。

「不好意思。」我希望有人來為我引路，卻只聽到鴿子咕咕咕的叫聲。

「有人在嗎？」我大喊。

「喔喔喔喔喔喔喔！」我的前方遠遠傳來一聲回應，我從不曾在拜訪別人家時聽到這樣的回應。走廊終於響起腳步聲，同時屏風另一側也浮現紙燭的影子。一個小和尚突然出現在我面前，是了念。

「你師父在嗎？」

「在。你來這裡有何貴事？」

「你去告訴師父，住在溫泉旅社的畫家來了。」

「你是畫家啊！請進吧！」

「不用先向你師父說一聲嗎？」

「沒關係。」

我脫下木屐，進入屋內。

「你真是個沒教養的畫家啊。」

「為什麼？」

「請把木屐擺整齊，看這裡。」小和尚將紙燭移到我面前，黑色柱子正中央離地面約一點五公尺處，貼著一張四分之一半紙[1]大小的紙，上面寫了些字。

「你看，看到了吧？上面寫了：看看腳邊。」

「我懂了。」我將自己的木屐放整齊。

和尚的房間位在正殿旁，從走廊轉過一個直角後就是了。了念畢恭畢敬地拉開紙門，恭敬地跪在門外。

「師父，住在志保田家的畫家來了。」他那戰戰兢兢的模樣讓我不禁覺得有點好笑。

「這樣啊，過來吧！」

我與了念互換位置。房間極為狹窄，內部有座地爐[2]，爐上的水壺正在響著，和尚在地爐另一邊看書。

「來，過來這裡。」和尚摘下眼鏡，將書放到一旁。

「了念。了——念——」。

「是。」

「還不快拿坐墊來。」

「是——」了念在遠處拉長聲音回答。

「嘿，你來了。你一定很無聊吧！」

「因為今晚月色實在是太美了，所以我就閒晃到這裡。」

「月色真美！」和尚拉開紙門。庭院裡只有鋪在地面的兩塊石板與一棵松樹，另一邊則是懸崖，朦朧夜色中可見懸崖下的遼闊大海，令心胸豁然開朗。海面上可見點點漁火，不知它們最後是否會融入空中，化為星斗。

「這景致真美。師父，將紙門拉上豈不可惜這片美景？」

「是呀，不過我每晚都在看啊。」

「這樣的景致不論看幾晚都不會膩吧？換成是我，一定會徹夜不眠地看。」

「哈哈，因為你是畫家，本來就與我不同。」

1 長約三十四公分，寬約二十四公分的紙張。

2 日本傳統建築物中，設於地面的四方形火爐。

「即使是和尚，當內心感覺到美的時候，也能成為畫家。」

「原來如此，說得也是，我也會畫些達摩像之類的畫。你看掛在這裡的掛軸是前任住持畫的，畫得很好吧？」

小小的壁龕裡掛了一幅達摩像。以一幅畫來說它實在差勁透頂，不過由於畫中不帶一絲俗氣，也看不到任何藏拙的痕跡，反而顯得相當純樸。這位前任住持應該就像這幅畫，是個不拘小節的人吧！

「這幅畫好純樸。」

「我們能畫成這樣已經很不錯了，要是能表現出達摩的氣質……」

「這幅畫遠比技巧高明卻帶俗氣的畫要來得好。」

「哈哈哈哈，好，我就接受你的誇獎。對了，最近畫家也有當博士的嗎？」

「畫家沒有博士。」

「是嗎？總之，我前陣子遇到一位博士。」

「喔？」

「所謂的博士，是很偉大的人嗎？」

「應該很偉大吧！」

「那麼畫家應該要有博士啊，為什麼沒有？」

「這麼說來，和尚也應該要有囉？」

「哈哈，說得也是。我之前遇到的那個人到底叫什麼呢？我應該有將他的名片收起來才對……」

「您是在哪裡遇見那位博士的？東京嗎？」

「不，是在這裡。我已經二十年沒去東京了。聽說最近有種工具叫電車，我還蠻想坐坐看的。」

「電車根本沒什麼，而且吵死了。」

「是嗎？所謂蜀犬吠日，吳牛喘月，對我這鄉下土包子而言，說不定反而覺得新鮮。」

「不會新鮮，真的很無聊。」

「這樣啊……」

水壺壺口不斷冒出熱氣，和尚從竹箱裡拿出茶具替我沖茶。

「請喝茶。不過，這茶不像志保田老先生的那麼甘甜。」

「沒關係。」

「我看你好像一直到處散步，是為了畫畫嗎？」

「是的。雖然我散步都會帶著畫具，不過有沒有畫倒是無所謂。」

「那就是抱著半遊山玩水的態度囉？」

「也可以這麼說，因為我討厭別人數我的屁。」

「數屁是什麼意思？」看樣子即便是禪僧，也不懂這句話的意涵。

「在東京待久了，就會有人來數你放了幾個屁。」

「為什麼？」

「哈哈哈，光是數屁還好，有人還會去分析別人的屁，或看別人屁股的洞是三角形還是四角形呢！」

「這是與衛生有關的問題嗎？」

「不是衛生問題，是偵探問題。」

「偵探？那不就是指警察了？對了，警察職位裡的巡查到底是做什麼的？很重要嗎？」

「就是說呀，巡查對畫家而言根本不具任何意義。」

「我也是，我從沒接受過巡查的照顧。」

「我想也是。」

「可是就算警察來數我的屁我也無所謂，不要理他就好。只要沒做壞事，警察也拿你沒輒。」

「我無法忍受因為屁這東西而被別人議論。」

「在我還是小和尚時，前住持經常告訴我，人若是能在日本橋的正中間將自己的心肝肺腑全掏出來，而且沒有絲毫羞愧，才稱得上是完成修練。你何不試著也讓自己修到那種程度？這樣就不必到處旅行。」

「只要成為真正的畫家，隨時都能達到那境界。」

「那你就成為真正的畫家吧！」

「但要是別人一直來數我的屁，我就無法成為真正的畫家。」

「哈哈哈！你投宿的志保田家的那美小姐，自從回娘家後就對每件事都看不順眼，最後來向我問法。最近她改善很多了，你看她是不是變得通達事理多了？」

「是嗎？我一直覺得她不是普通人。」

「她很聰敏。以前我這裡有個修練的年輕僧侶，名叫泰安，他也是因為那女孩而從一些小事得到很大的啟發。我想他現在應該已經悟道了。」

松樹的影子落在靜謐的庭院裡，遠方的海洋對天空的光芒時而回應、時而不理，在昏暗中微微散發出光輝，而漁火明滅著。

「請看那棵松樹的影子。」

「好美啊。」

「只是單純很美嗎？」

「不但很美，即使風吹也不覺苦。」

我將杯中剩餘的澀茶一口飲盡，接著將茶杯倒放回托盤上，站了起來。

「我送你到門口吧！了念！客人要回去了。」

和尚送我走出庫裡時，又聽見鴿子咕咕咕的叫聲。

「這世上沒有比鴿子還可愛的動物，只要我一拍手牠們就會飛過來，要不要試一次給你看？」

月色愈來愈明亮，幾朵木蘭花伸向空中。在寂寥春夜裡，和尚猛地拍了拍手。拍手聲在風中消散，但鴿子一隻也沒飛過來。

「怎麼都不飛過來？應該會飛過來的啊！」

了念望著我微微笑了。和尚似乎以為鴿子在晚上也看得見，他還真是樂觀。

我在山門與兩人道別，回頭一望，只見一個大圓影與一個小圓影一前一後地落在石子路上，逐漸往庫裡的方向消失。

十二

記憶中，基督教似乎說過最具藝術家態度的人就是奧斯卡·王爾德，但他們有所不知，我認為觀海寺的和尚才是最有資格擁有這個頭銜的人。

這不是說他很風雅，也不是指他很懂得順應時勢，即使他掛著一幅根本稱不上是畫的達摩掛軸並因此洋洋得意，又認為畫家也有博士，更覺得鴿子在黑夜也能看得見東西，但是他還是具有成為藝術家的資格，因為他的心就像一個無底洞，不會因任何事停滯。

他可以到任何他想去的地方，做任何他想做的事，肚子裡卻沒有任何一丁點兒汙垢沉澱。若有件事能讓他產生興趣，他便能與所到之處同化，他的一切行為舉止，全都稱得上是完全的藝術家。像我這種一直被偵探計算屁的數量的人，根本連畫家都稱不上。

雖然我手拿調色板坐在畫架前，卻無法成為畫家，直到來到這不知名的深山，將五尺瘦軀埋在暮暮春色，我才明白何謂真正藝術家應有的態度。一旦進入這個境界，天下之美便皆為我所有，即使不將一尺白絹染色，不在一寸縑素上著墨，我也是一流的大畫家。雖然我的技巧比不上米開朗基羅，本領也遠不及拉斐爾，但若要論藝術家的人格，我自認與古今中外的名家並駕齊驅，毫不遜色。來到這個溫泉鄉之後，我雖然尚未畫出一幅畫，畫具箱也像一時酒醉興起而帶來一樣，而人們或許還會竊笑「這樣也算畫家？」。不過不論旁人如何嘲笑，現在的我已是個真正的、偉大的畫家，能達到這境界的人不一定能畫出名畫，但想畫出名畫的人，卻非得達到這境界不可。

以上想法是我吃完早餐後，抽著一根敷島時想到的。太陽脫離朝霞高掛空中，我打開紙門眺望後山，樹木翠綠非凡，展現出前所未見的鮮明色彩。

我總認為氣氛、物像與色彩之間的關係是宇宙間最有趣的研究。要以顏色呈現氣氛呢？還是以物像來畫出氣氛？又或是以氣氛為主，然後慢慢編織出顏色與物像呢？繪畫只需些許氣氛，便能表達出各種基調。這些基調會隨畫家的嗜好而有不同，但也有人會用時間與場所將自己限制住。英國人的風景畫沒有一幅是明亮的，這或許是因為他們討厭明亮的畫，但即使喜歡，那種氣氛也表達不出任何東西。同是英國人，古德爾[1]所使用的色彩

1 Frederick Goodall，一八二二至一九〇四年，英國畫家。

就截然不同。事實上也理應不同，因為他雖然是英國人卻從未畫過英國的風景，畫作主題也都不是他的家鄉，而是空氣比祖國還清澈的埃及與波斯附近的風景。因此每個人第一次看見他的畫作時，都會為之驚豔。由於他的作品如此清新，令人不禁懷疑英國竟也有人會使用這麼明亮的色彩。

其實個人的嗜好沒什麼好討論的，不過若想描繪日本的山水，就必須找出日本固有的氣氛與色彩。法國的畫再怎麼美，也不能直接用法國的顏色來作畫，然後說畫裡的就是日本風景。最好的方法還是得接觸身邊的大自然，仔細研究朝夕的雲容煙態，在確定「就是這個顏色」的當下，立刻扛著三腳椅衝出門。由於色彩會在剎那間改變，一旦錯失良機就很難再見到同樣的顏色。我現在仰望的山巒充滿了在這附近幾乎找不到的美麗色彩，既然都到了這裡，若讓這個機會溜走豈不可惜？還是動筆作畫吧！

我打開拉門走到外廊，立刻看見那美小姐站在對面二樓的房門口。她倚著紙門，下巴埋在領子裡，我只能看見她的側臉。就在我想向她打招呼之際，她的右手忽然如風似地動了起來，但左手依然低垂。一道如閃電般的閃光在轉了兩、三個圈後滑向胸前，「鏘」地一聲後閃光消失。我發現她的左手拿著一把刀刃長九寸五分的短刀白鞘，下一秒其身影旋即被紙門擋住。我帶著一早便看見歌舞伎表演的好心情步出旅社。

出了門往左轉是一條通往山路的斜坡，四周還不時傳來黃鶯的鳴囀。左邊平緩的山谷下方種著一整片橘子樹，右邊並列兩座山勢平緩的山丘，這裡應該也只有種橘子吧！幾年前我曾來過此地，詳細數字我已經不想算了，總之是寒冷的十二月。那是我第一次見到滿山的橘子樹，當時我對摘橘子的人說：「請賣我一根樹枝。」沒想到他竟然說：「你要幾顆橘子都沒關係，儘管拿吧！」並唱起一首節奏奇特的歌。我心想，如果是在東京，就連橘子皮都要去藥房買！入夜後，我還不時聽見槍聲，我問他那是什麼，他說那是獵人在獵鴨。那時我連那美小姐的名字都沒聽過。

那美小姐若去演戲，一定會是個出色的女形[1]。一般的演員是登台後才開始演戲，她卻是平時就在演戲，而且自己還渾然未覺。那是一種自然、天生的演技，應該可說是「美

1 歌舞伎中扮演女性角色的演員。

的生活」[1]吧！託她之福，我在繪畫方面的修練已大致完成。

若不將她的行為視為演戲，說不定我還會覺得不太舒服，連一天都待不下去。如果將所謂的義理人情當作背景，並以一般小說家的觀點來研究那女子，一定會因為衝擊太大而立刻放棄。在現實世界裡，我與那女子之間若產生複雜的關係，我的苦痛必定無法言喻。我這趟旅行的主要目的就是要遠離世俗，成為一名真正的畫家，因此必須將一切所見之物，全當成圖畫欣賞。我只能將它們當作能樂、戲劇，或詩中人物來觀察，因此當我透過這副名為覺悟的眼鏡來看那女子時，她的一舉一動都是我所見過的女人中最美的，也正因為她不曾有過展現自己華麗演技的念頭，所以才會比普通演員的舉手投足還要美麗。

請不要誤解我，並對我做出「身為一名社會公民，這種想法並不適當」的評斷，這種批評是毫無道理的。善難行，德難施，節操不易守，為義捨命又太過可惜。不論是誰，要做這些事都很痛苦，而為了承受這些痛苦，內心必須有能戰勝痛苦的愉悅，繪畫、詩作或戲劇都不過是這份愉悅的別名。瞭解此意趣之後，一言一行便可以壯烈，也可以閒適，更能因為想戰勝一切，滿足胸中那份無上的趣味，遂將肉體上的痛苦、物質上的不便皆視為無物，驅策勇猛精進的心，甚至為了人道精神，即使遭到鼎鑊烹煮也一樣樂在其中。如果一定要站在狹隘的世俗立場才能為藝術下定義，藝術便只潛藏在有識之士胸中。若不避邪趨正、扭曲作直、鋤強扶弱，便無法忍受意念形成的結晶所反射的燦爛日光。

有些人會笑他人的行為像演戲，笑他們為了貫徹意志而做出不必要的犧牲，與人情世俗脫軌，也笑他們愚昧到不願等待能自然發揮美好性格的機會，反而刻意炫耀自己的意趣。這是因為他們真正懂得箇中道理，因理解而笑。但若由一個完全無法理解的人來嗤笑、貶低這些人，其行為就難以饒恕。

過去曾有一名青年，他在岩石上留下詩句後便縱身跳下一百五十公尺高的飛瀑，隨急湍而逝[2]。在我看來，這青年應是為了「美」才捨棄寶貴的生命。赴死確實為壯烈之舉，

1 明治三十四年，高山樗牛在《太陽》上發表一篇名為〈論美的生活〉的評論，引起一番議論。高山樗牛將「美」解釋為「能夠滿足人性原始要求的事物」。

2 指明治三十六年（一九〇三）五月二十二日，日本第一高等學校的學生藤村操在日光的華巖瀑布的樹上寫下〈巖頭之感〉後，便跳下瀑布自殺。

但促其一死的動機卻令人費解。然而無法體會壯烈之死的人，根本沒有資格嘲笑這位青年的行為。他們不能體會壯烈成仁之意義，因此即使有正當理由，也無法做到壯烈赴死。從這點來看，其人格比藤村先生還低劣，所以我才主張他們根本沒有嘲笑的權利。

我是畫家，並以風雅情趣為專門，因此即使身在俗世，也比周遭不懂雅趣的人高尚。身為這個社會的一分子，我處在有義務教育他人的地位，行為舉止也比不嗜詩畫等藝術的人還要高雅。美的作為是正、是義、更是直，而能在行為舉止中表現出正、義與直的人，則是天下公民的楷模。

我已遠離世俗一段時間，至少在這段旅程中，我沒必要回到世俗，否則便枉費這段難得的旅程。我必須拂去塵世中的砂粒，只凝視留在最底層的美麗金子。我也不能將自己視為社會的一分子，而必須以專職畫家的單純身分，斬斷所有束縛自己的利害關係，專心悠遊於畫布中，因此對那美小姐的行為舉止，我也只是在一旁觀望。

往上走約三百公尺，便看到前方有幢白色獨棟建築。那應該是橘子園裡的小屋，而道路也在前方不遠處分成兩條。我看著白色建築，走向左邊那條路，一回頭看到一名穿紅色腰卷的女孩正往上走來。先是腰卷，接著是她小麥色的小腿，然後是穿著草鞋、一步步接近的雙足。山櫻花飄落在她頭上，她背後則是一片耀眼的海洋。

我爬到險峻山路的頂端，來到一處平地。北邊是一座翠綠山峰，或許就是我今早在外廊看到的那座山峰，而南側那片可用焦土來形容的土地延伸了約五十公尺後，來到一座斷崖，斷崖下方是我剛剛經過的橘子山。越過村子映入眼簾的，當然就是那片湛藍大海。

道路分岔成好幾條，分了又合，合了又分，根本分不清何者才是主要幹道。每條都是路，卻也都不是路。赭色地面在草叢中忽隱忽現，也不知這塊地究竟與哪條路相接，其變化多端甚是有趣。

我為了找個地方坐下暫歇，在草叢裡四處徘徊。在外廊所見如畫般的景致，竟在最重要的關頭意外地雜亂，顏色也有所不同。當我在草原上來回踱步時，想作畫的念頭已在不知不覺中消失。既然不畫畫，地點也變得不再重要，所以我坐在哪，那裡就是我的居所。火紅的春日深深籠罩至草的根部，我找個地方坐下後，感覺有如踩扁了無形的熱氣。

大海在我腳下閃爍，春天的陽光不受任何一片雲的阻擋照耀整個海面，不知不覺中，海洋看起來竟變得如此溫暖，彷彿陽光餘溫全滲到波浪底下，而它的湛藍就像被一把沾滿深藍色顏料的刷子掃過似的。在這片湛藍中，層層疊疊的銀白細鱗不停鑽動，還有許多大小有如指甲、一動也不動的白帆。古時由高麗前來入貢的船隻從遠方而來時，看起來應該也是這樣。除此之外，大千世界便只剩下照亮人世的太陽，與在陽光下閃耀的海洋。

我躺了下來。帽子從額頭滑下，帽簷上翻。幾株茂密的木瓜樹在草原上探出高約半公尺多的身子，我的臉正好面對著其中一株。木瓜的花是非常有意思的花，它的枝幹頑固至極，從不彎曲。然而說它直，卻又不是全然的筆直，它只是筆直的短枝與另一筆直的短枝以某種角度傾斜相接，構成整株植物，分不清是紅色還是白色的花朵怡然自得地盛開，柔軟的葉片點綴其中。我認為木瓜花是所有花類中最愚蠢、卻又最具領悟力的植物，因此守拙之人來世必會轉生為木瓜花，而我也想成為木瓜花。

小時候我曾切下一朵連著葉子的木瓜花，興致勃勃地調整枝葉的形狀後，用來當作筆架。我將它放在桌上，讓二錢五厘的毛筆倚著它。看著白色筆尖在花葉之間若隱若現，心中充滿欣喜。那天直到入睡，我心中依然掛念著木瓜花製成的筆架。隔天我才剛睜開眼就衝到書桌前，卻只見已凋謝的花朵和乾枯的葉片，但白色筆尖依舊閃耀光芒。我實在無法相信那麼美麗的東西為何會在一夜之間枯萎？現在回想起來，當時的心情還真是超然。

當我一躺下，眼前的木瓜花就像我二十年來的老友。凝視著它我的意識彷彿愈飄愈遠，感覺很舒服，心中又浮起詩興。

我躺著作詩，每想到一句就寫在寫生簿上，過沒多久便完成一首詩。我從頭開始讀一次。

出門多所思。春風吹吾衣。芳草生車轍。廢道入霞微。停笻而矚目。萬象帶晴暉。
聽黃鳥宛轉。觀落英紛霏。行盡平蕪遠。題詩古寺扉。孤愁高雲際。大空斷鴻歸。
寸心何窈窕。縹緲忘是非。三十我欲老。韶光猶依依。逍遙隨物化。悠然對芬菲。

啊，完成了完成了！這樣就完成了！躺著凝視木瓜花，忘卻世俗感油然而生，就算沒寫到木瓜和海洋也沒有關係，只要能表達出那份情感就夠了。正當我欣喜地喃喃自語時，忽然聽見有人發出一聲乾咳。我大吃一驚。

我轉身朝聲音傳來的方向望去，只見一名男子從樹林中出現。

男子戴著中間凹陷的褐色軟呢帽，雙眼從傾斜的帽簷下露出，雖然看不太清楚，但他似乎正東張西望。他身穿藍色格紋服，衣襬撩起綁在腰間，踩著木屐的雙腳沒穿襪子。從滿臉雜亂的鬍鬚來看，我猜他應該是個民兵[1]。

我以為他會沿山路而下，沒想到他竟在轉角處往回走。眼看他的身影即將消失在來時的路上，他卻再度回身往前走。除了在這片草原上散步的人，應該沒人會像他那樣來來回回。可是他真的是在散步嗎？我不認為那樣的人會在這附近閒晃。男子不時駐足、歪頭、接著四處張望，看起來像在思索什麼，同時又像在等人，我不禁感到一頭霧水。

我的注意力完全被這形跡可疑的男子給吸引住。他雖不恐怖，我也不打算將他畫成一幅畫，卻遲遲無法移開我的視線。從右到左，從左到右，我的眼光隨男子不停移動。忽然間他停了下來，下一個瞬間另一個人影走進我的視野中。

這兩人似乎認識，並逐漸靠近彼此，最後兩個身影重疊成草原中的一個小黑點。他們背對春天的山巒，在大海前面對面。

那男子當然是民兵，但對方呢？對方是名女子……是那美小姐！

當我看見那美小姐的身影時，立刻想起今天早上的短刀。她該不會將刀藏在懷裡吧？這麼思索的同時，就連暫離世俗的我，也不禁感到背脊發涼。

這對男女面對面站著，好一會兒都沒有動靜。他們或許正在交談，但我什麼也聽不到。最後男子低下了頭，女子則轉而面向山巒，我看不見她的表情。

黃鶯在山間鳴叫，彷彿在對女子訴說著什麼。過了一會兒，男子突然抬頭然後轉身。事情看來不太尋常，因為女子也輕盈地轉而面向大海，其腰帶上似乎隱約可見短刀的刀柄。男子昂然邁開步伐，女子以兩步左右的距離跟在他身後。女子穿著草鞋，男子突然停下，可能是她喚住他吧！但就在他回頭的那一瞬間，女子卻將右手伸向腰帶——危險！

沒想到她掏出的並非短刀，而是一個像是錢包的物品。她伸出了白皙的手臂，另外還

1 日本南北朝、室町時代，以農民組成的武裝集團，平時居於山野之間。

有一條長長的繩子正隨風搖曳。

她一隻腳稍稍往前踏出，從腰部上方伸出的白皙玉手拿著紫色的物品——光是這個姿勢，便足以成為一幅畫。

以紫色分開的畫面再隔個不到十公分之處，便是那名轉身並微微低頭的男子。這連接安排得非常巧妙，所謂的「不即不離」描寫的正是這一剎那間的情景。女子彷彿拉住前面的男子，而男子也有如被拉住似的，但他們並非真的拉住彼此，實際上兩者之間的連繫就斷在紫色錢包的邊緣。

在這兩人維持這美妙的和諧時，我發現他們的面容與服裝形成鮮明的對比——身材矮胖、膚色黝黑、滿臉鬍鬚的男子；與臉形清瘦、衣襟稍長、肩膀下垂的華麗女子。一邊是穿著木屐，面無表情轉身的民兵；一邊是連居家所穿的銘仙[1]都如此奢華，上半身微側的瘦削身影。一個是以斑駁的褐色帽子搭配藍色格紋短上衣，一個則是梳痕仍在，連熱氣都會為之燃燒的鬢髮，以及在黑緞下隱約可見的帶揚[2]所展露的清新之感——這些都是作畫的好題材，將之當作一幅畫來欣賞，實在別有一番趣味。

男子伸手接過錢包，兩人狀似互相拉扯的平衡在瞬間瓦解——女子不再挽留，男子也不再被牽絆。身為畫家的我卻直到此刻才明白，心理狀態對一幅畫的形成竟然有這麼大的影響。

接著兩人一左一右地分開，由於那氣氛不復存在，因此這場景已無法構成一幅畫。男子在走進樹林前回頭望了一眼，女子卻沒回頭，而是一步步地朝我走來，最後來到我的面前。

「客人，客人。」她喚了我兩聲。

糟糕！她是什麼時候發現我的？

「什麼事？」我將頭伸到木瓜花上方，帽子因而掉落在草地上。

「您在這裡做什麼呢？」

1 以蠶絲製成的布料。

2 穿著和服時，為了遮住帶枕而繫的裝飾用細腰帶。

「我在作詩結果睡著了。」

「您騙人，剛才的事您都看到了吧？」

「剛才的事？妳是指剛才那個嗎？我稍微看了一點。」

「呵呵呵為什麼只稍微看了一點？多看一些又沒關係。」

「其實我看到很多。」

「看就看吧！來，請到這裡來，請您走出木瓜花。」

我唯唯諾諾地走到木瓜花前。

「您在木瓜花下還有事要做嗎？」

「沒事了。我想我該回去了。」

「那我們一起走吧！」

「好。」

我再度唯唯諾諾地退到木瓜花後，戴上帽子背起畫具，與那美小姐一起離開。

「您的畫作完成了嗎？」

「我不畫了。」

「您來到這裡後，連一幅畫都沒畫出來呢！」

「對呀。」

「可是您既然是專程來畫畫的，連一幅畫也沒畫，豈不是很沒意義嗎？」

「怎麼會？我覺得很有意義。」

「是嗎？為什麼？」

「不為什麼，總之我過得很有意義。不論有畫還是沒畫，都一樣有意義。」

「您在說笑嗎？您還真是悠閒。」

「我都來到這裡了，若不悠閒一點，豈不喪失來這裡的價值？」

「不論身在何處，若不能悠閒度日，都是喪失活著的價值喲。像我，即使剛才的事被人看見，我也完全不會感到難為情。」

「妳的確不必覺得難為情。」

「應該吧！您猜剛才那男人是誰？」

「這個嘛……應該不是有錢人吧？」
「呵呵呵您猜對了。原來您也是占卜家呀！他就是因為太窮了，沒辦法在日本生活，所以才來向我拿錢。」
「原來如此。他是從哪裡來的？」
「從城裡。」
「這麼遠啊！他要去哪裡？」
「聽他說，好像要去滿州吧！」
「去滿州做什麼？」
「他要去做什麼呢？是去撿錢？還是去送死？其實我也不曉得。」
我睜大眼睛望著她。她嘴角那抹淡淡的微笑正逐漸消失。我不懂這是為什麼。
「他是我丈夫。」
女子以迅雷不及掩耳的速度朝我砍了一刀，我不禁大為震驚。當然，我根本沒打算問得這麼詳細，而她應該也沒料到自己會對我說這麼多吧！

「怎麼樣？很驚訝吧？」她說。

「嗯，是有點驚訝。」

「他不是我現任丈夫，而是我前夫。」

「原來如此，那麼……」

「就這樣。」

「喔……那座橘子山上不是有間白色房子嗎？那個位置視野真好。是誰的家？」

「那是我哥的家。等一下順便繞過去看看吧！」

「妳有事找他？」

「嗯，受人之託。」

「那我們一起去。」

我們來到山路的出口，但沒往山下走。右轉往上走約一百公尺，便抵達那幢白色建築的大門口。我們一進去不走向玄關，立刻繞到庭院。她大剌剌地一直往前走，所以我也毫不客氣地跟在她後面。面向南方的庭院裡種了三、四棵棕櫚樹，土牆下就是橘子園。

她立刻在外廊坐上，對我說：「您看，景色很美喔。」

「是啊真美。」

紙門裡寂靜無聲，沒有一絲人氣。女子似乎不打算再開口，只是坐在那兒，神態自若地俯瞰橘子園。我覺得很不可思議，她究竟為何而來？

因為沒有話聊，所以我們兩人只好默默地望著橘子園。接近正午的太陽將溫暖的光輝灑遍整座山頭，眼前橘子樹的葉片也因此不斷閃耀，接著屋後的倉庫傳來響亮的雞叫聲。

「唉呀，已經中午了。我把正事都忘了。久一！久一！」

女子屈身拉開外廊上的紙門。空蕩蕩的室內約有十張榻榻米大，壁龕裡掛著狩野派的雙掛軸。

「久一！」

終於，倉庫那裡傳來回應。腳步聲在另一邊的紙門外側停下，就在紙門被拉開的那一刻，一把套著白鞘的短刀落在榻榻米上。

「這是你伯父送你的餞別禮。」

我根本不知道她是何時自腰間拿出短刀。短刀滾了兩、三圈後，靜靜地停在久一先生的腳邊。或許是刀鞘不夠緊密，一道寒光瞬間從刀刃射出。

十三

我們乘船送久一先生到吉田車站，坐在船裡的有即將出征的久一先生、送行的老先生、那美小姐、那美小姐的哥哥、搬運行李的源兵衛、還有我。當然我只是個陪客。

即使只是陪客，只要叫我去我就會去，即使不知道這樣到底有什麼意義，我還是會去。在這趟旅程中，我根本不需顧慮太多。這艘船就像加了船舷的竹筏，底部相當平坦。老先生坐在中間，我與那美小姐坐在船尾，久一先生與那美小姐的哥哥坐在船首，源兵衛則獨自待在行李旁。

「久一，你喜歡還是討厭軍隊？」那美小姐問。

「去了以後才知道。雖然一定會很辛苦，但一定也會有快樂的事。」不懂戰爭的久一說。

「不論再怎麼苦，都是為了國家。」老先生說。

「收到短刀以後，會不會變得比較想去打仗？」那美小姐又提出奇怪的問題。

「會。」久一先生輕輕點了點頭。

老先生撩起鬍鬚露出笑容，那美小姐的哥哥則一副事不關己的模樣。

「你這種輕鬆樂觀的態度，真的能從軍嗎？」那美小姐猛地將自己白皙的臉湊到久一先生面前。

久一先生與她哥哥互望了一眼。

「那美如果是軍人，一定很強悍。」

這是我聽到哥哥對妹妹說的第一句話。從他的口氣判斷，應該不是單純的玩笑話。

「我去當軍人？如果可以我早就從軍了，而且現在大概已經死了吧！久一，你也乾脆死掉比較好，要是你活著回來風評會很差。」

「妳說那什麼話！唉算了久一，你要凱旋歸來，死掉對國家沒有幫助。我大概還能再活兩、三年，我們一定會再見面。」

老先生最後一句話的尾音拖得很長，並漸漸變細，最後成了一滴眼淚，但身為男人的他並沒有真正落淚，其悲傷的表現僅止於此。久一先生默默地別過頭望向岸邊。

岸邊有棵很大的柳樹，樹下繫著一條小船，一名男子正聚精會神地盯著釣魚線。我們一行人的船在微微起伏的波浪中經過男子前方時，男子忽然抬起頭，與久一先生四目相接。然而這兩人接觸的眼神並沒產生任何火花，男子一心想著釣魚，而久一先生的心思連一條鯽魚都容不下。一行人的船就這麼靜靜地駛過太公望面前。

渡過日本橋的人，在一分鐘之內不知有多少個。若站在橋邊，鉅細靡遺地詢問每個過路人盤據在心頭的糾葛，必會覺得活在這熙攘世間很苦。然而正因為人與人在素昧平生的狀況下相遇，又在素昧平生的狀況下離別，因此才有人志願站在日本橋上揮舞著電車的旗子。太公望沒追究久一先生為何露出悲傷的表情，其實是一種幸福。我回頭一望，看見他正專心地凝視浮標。我想他大概會這樣看著浮標，直到日俄戰爭結束吧！

這條河不寬、也很淺，流速很慢，我們倚著船舷在水面上滑行。這艘船會駛向何方呢？我想大概會直至春日已盡、喧嚷的人們殷切期盼再度相逢之處吧！這個青年的眉間印著一滴腥臭的血液，毫不猶疑地領我們前行，命運之線將他帶往遙遠陰暗的北國，在某年某月某日的因果下，與這青年的命運交錯的我們，將在其牽引下前往因果的盡頭。當這份因果盡了、緣分斷了之時，他將被拉回命運的手邊，而我們則被迫留在原地，不論再怎麼拜託、掙扎，也無法與之同行。

小船異常平穩地行駛在河面上。左右兩岸種著看似木賊的植物，堤防上有許多柳樹。稀疏的矮房子在柳樹間露出稻草屋頂與髒污的窗戶，有時還可看見呱呱叫著的白色鴨子。

在柳樹與柳樹之間閃耀的好像是白桃樹，耳邊傳來紡織機的聲音，在紡織聲中斷時，還能隱約聽見女子歌聲，她唱著「嗨——伊唷——」但我完全聽不懂她在唱什麼。

「老師，可以幫我畫一張畫嗎？」那美小姐要求。

久一先生與那美小姐的哥哥正熱烈討論從軍一事，老先生則不知何時開始打起盹來。

「我就幫妳畫一張吧！」我拿出寫生簿。

被春風解開的緞子，上面簽著誰的署名？

我寫下這句俳句後拿給她看。

「不能畫得這麼草率，請更仔細點，要把我的感覺畫出來才行。」她笑著說。

「我也想，但光是妳的臉無法構成一幅畫啊。」

「您這話還真諷刺，那麼要怎麼樣才能構成一幅畫？」

「妳誤會了，其實現在也能畫成一幅畫，只是還缺少了些什麼。如果就這樣畫下去，實在很可惜。」

「我的五官天生就是這樣，就算真的少了些什麼我也沒辦法啊。」

「即使是天生的臉孔也能有各種變化的。」

「可以隨自己的意思變化嗎？」

「是啊。」

「因為我是女人，您就把我當傻瓜嗎？」

「就因為妳是女人，所以我才會說這種沒意義的話。」

「那麼，請您讓您的五官變化成各種樣子給我看。」

「像這樣每天有不同的變化，就已經夠多了。」

女子默默望向另一邊。河岸不知不覺變得和水面差不多低，放眼望去水田已被一片蓮花覆蓋，鮮豔的紅色水滴隨雨水流下，半溶解的花海在彩霞中無邊無際地延伸，抬頭仰望只見崢嶸的山峰在山腹間吐出薄薄的春雲。

「您就是從那座山的另一邊過來的。」女子將白淨的手臂伸出船舷外，指著那座如夢似幻的山。

「天狗岩就在那附近嗎？」

「應該就在那片樹林下方，看起來像是紫色的那一帶。」

「是那個有陰影的地方嗎？」

「那是陰影嗎？不是一片光禿嗎？」

「怎麼會？那裡應該是凹陷的吧！若是一片光禿看起來應該是褐色。」

「是這樣嗎？總之就是在那附近。」

「這麼說來，那條崎嶇的彎道在更左邊一點囉？」
「崎嶇的彎道在另一邊更遠一點的地方，那座山在這座山的後面。」
「原來如此。不過從方位來判斷，應該是在那朵薄雲附近。」
「對，是那個方向。」
原本在打盹的老先生手肘從船舷滑下，醒了過來。
「還沒到嗎？」
老先生將胸部往前挺右手肘往後伸，再將左手往前伸直，在伸懶腰的同時還順便做出射箭的動作。那美小姐見狀發出呵呵的笑聲。
「這是我的習慣……」
「您看起來就像很喜歡射箭的人。」我笑著說。
「我年輕時，最厲害可以拉動弓柄厚達二公分的弓！至於推弓嘛……現在也還很厲害！」他拍拍自己的左肩道。
坐在船首的兩人正熱絡地談論戰爭。

船終於來到一個像城市的地方。我看見一間腰板拉門上寫著「御肴」的居酒屋，還看見古色古香的珠簾、木材堆置場，甚至還聽見了人力車的聲音。燕子發出唧唧叫聲側身飛翔，鴨子則呱呱地叫著。一行人下了船走向車站。

總算又回到現實世界了。我所謂的現實世界，是指能看見火車的地方。我認為沒有比火車更足以代表二十世紀文明的東西了。數只箱子擠進了好幾百人，毫不留情地轟然駛去，被塞在箱裡的人必須以同樣速度，停在同一車站，一同沐浴在蒸汽的恩澤下。

人們說「搭」火車，我卻說人們被「塞進」火車。人們說搭火車「去」某處，我卻認為人們被火車「搬運」至某處。沒有任何東西比火車更輕蔑人性了，文明用盡一切手段發展出每個人的獨特個性後，卻又用盡一切方法試圖踐踏。它給予每個人有限的空間，告訴人們：「在這塊土地上，不論做什麼都是你們的自由。」卻又在這些空間的周圍架起鐵欄，威嚇人們：「不准跨出這個範圍一步！」在有限空間裡享受自由的人，必然會想要鐵欄外的自由，因此這些文明國度裡的可悲人們，便日日夜夜啃食著鐵欄，大聲咆哮著。

文明給予人們自由，讓人成為猛虎後，又將人丟進柵欄內，以繼續維持天下和平。但這不是真正的和平，這種和平就像動物園裡的老虎躺著睥睨欄杆外的群眾，只要有一根鐵棒脫落世界就會大亂，法國革命就是在這種情況下爆發的，而個人的革命早已日以繼夜地不斷進行。北歐劇作家易卜生就鉅細靡遺地以例證告訴我們這起革命發生的狀態。

每當我看見火車猛烈、無區別地將所有人當成貨物載運時，我都會開始拿被關在車廂裡的個人，以及將這些獨特個體一視同仁的火車來做比較。危險！危險！我們必須小心，否則就糟了！現代文明裡充滿這種迫在眉睫的危機，而盲目前行的火車正是這種危險的標本之一。

我們坐在車站前的茶店裡稍作休息。我一邊望著蓬餅[1]一邊思考火車理論，但現在既不可能將它寫進寫生簿，也沒必要告訴別人，所以我只能默默吃餅、喝茶。

我們對面的板凳上坐著兩個人。他們穿著草鞋，一人披著紅色毛毯，另一人穿著黃綠色長褲，並用手遮住膝蓋補丁處。

1 以艾草葉片包裹的麻糬，為日本傳統甜點，又名草餅。

「果然還是不行。」

「是啊！」

「要是我像牛一樣有兩個胃就好了。」

「是啊！萬一其中一個壞掉，直接切除就可以了。」

這兩個鄉下人看來似乎正為胃病所苦。他們不知吹拂過滿州草原上的風是什麼味道，不瞭解現代文明中有多少弊端，不懂革命為何物，甚至可能連「革命」二字都沒聽過，又或者連自己的胃到底是一個還是兩個都搞不清楚。我拿出寫生簿，畫下這兩人的模樣。

火車即將進站的鈴聲響起。我們已事先買好車票。

「好了，我們走吧！」那美小姐站起來說。

「嘿咻——」老先生也站了起來。一行人一起經過剪票口，走上月台。

鈴聲不停響著。「轟」地一聲，代表文明的長蛇便出現在發出白色光芒的蜿蜒鐵路上，黑煙從代表文明的長蛇口裡冒出。

「差不多要告別了。」老先生說。

「請保重。」久一先生低下頭。

「你一定要死喔！」那美小姐再次說。

「行李都帶著了嗎？」哥哥問。

長蛇在我們面前停下，其側腹的門一一開啟，有人下車也有人上車。久一先生搭上車，而老先生、那美小姐的哥哥、那美小姐與我都站在車廂外。

一旦車輪開始轉動，久一先生就不再屬於這裡，他將前往一個遙遠的世界。在那個世界，人們必須在硝煙味裡工作，會因為踩到紅色液體而滑倒，天空還會發出轟隆巨響。即將前往那裡的久一先生站在車廂裡，默默地望著我們。

將我們從山中帶來此地的久一先生，以及被他帶來此地的我們，彼此的因果緣分就要在此處斷絕，也已經開始慢慢地斷掉了。雖然車門與車窗都還敞開著，雖然我們還看得見彼此，雖然遠行人與送行人只隔著一公尺多的距離，但緣分卻正逐漸斷絕。

車掌用力將車門一一關上，並朝我們走來。他每關上一扇車門，遠行人與送行人之間的距離就變得更遠了。最後久一先生所在的那節車廂車門也被關上了，世界就此一分為二。

老先生情不自禁地靠向窗戶，青年也將頭伸出窗外。

「危險，列車要開了！」在這聲警告之後，有節奏的喀隆聲毫不留情地響起，火車開始起動。窗戶一扇扇地從我們面前經過，久一先生的臉孔逐漸變小。在最後的三等車廂經過我面前時，我竟在窗戶看到另一個熟悉的臉孔。

戴著褐色軟呢帽的民兵，依依不捨地將滿是鬍鬚的臉探出窗外，那美小姐與民兵的視線不經意地交會。火車依然「喀隆、喀隆」地往前奔馳，民兵的臉立刻消逝，那美小姐漠然地目送火車遠去。令人不可思議的是，在這漠然的表情中，她臉上竟浮現從不曾有過的「哀憐」。

「就是這個。只要有這種表情，就能成為一幅畫了。」我拍拍那美小姐的肩膀輕聲地說。我心中的畫面在這一瞬間成真了。

1867	0	■一月五日，出生於牛込馬場下橫町（現東京都新宿區喜久井町）。為夏目小兵衛直克（五十歲）與其妻千枝（四十一歲）所生下的第五位兒子（共育有五男三女）。取名為夏目金之助。夏目家代代雖為當地小官，但當時已逐漸沒落，因此金之助出生後便被送到位於四谷的舊傢俱店寄養。
1868	1	■十一月時，過繼給鹽原昌之助作養子，改姓鹽原。
1870	3	■因種痘而引發皰瘡。
1872	5	■養父以鹽原家長男的名義，替金之助申報戶籍。
1873	6	■養父被任命為淺草鎮長，於是舉家搬至淺草諏訪町。
1874	7	■因養父母感情不和，養母與金之助暫時返回夏目家居住。金之助進入淺草壽町戶田小學就讀第八級。
1875	8	■四月，養父母正式離婚。 ■五月，完成第八級與第七級的學業。
1876	9	■夏季時，與養母同時被夏目家收留，但戶籍仍設在鹽原家。金之助轉學至牛込市谷山伏町的市谷小學。
1877	10	■一月，養父遷居下谷西町。
1878	11	■二月，與島崎柳塢等友人，所創辦的傳閱雜誌上發表《正成論》一文。 ■四月，自市谷小學畢業後，就讀神田猿樂町的錦華小學，並於十月畢業。
1879	12	■於三月進入東京府立第一中學就讀。
1881	14	■一月，生母千枝去世（五十四歲）。轉學至二松學舍學習漢學。
1882	15	■欲以文學為志業，但遭長兄大助勸阻。
1883	16	■秋天，為了考大學預備科，進入駿河台的成立學舍學習英語。

1884	17	■與橋本左五郎在小石川極樂水旁的新福寺二樓賃居。 ■七月，養父擅自將金之助名下的房屋變賣，後因未交出該屋，而被提出必須撤離的告訴。 ■九月，考進東京大學預備科，同年級的友人有中村是公、芳賀矢一、橋本左五郎等人。入學後不久罹患盲腸炎。
1885	18	■與中村是公等十人，賃居於猿樂町末富屋，過著書生般的生活。
1886	19	■七月，因腹膜炎無法考試，成績落後而被留級。因留級的教訓，從此發憤用功，直至畢業都名列前茅。為了自立更生，與中村是公在本所江東義塾任教，並遷居至義塾宿舍。後因罹患急性砂眼，而開始從自家通學。東京大學預備科改名為第一高等中學。
1887	20	■長兄大助、次兄榮之助因罹患肺病，先後於三月、六月去世。
1888	21	■一月，復籍改回本姓夏目。 ■七月，自第一高等中學預科畢業。 ■九月，就讀同校的本科第一部（文科）。
1889	22	■一月，與正岡子規結交。當時的同學有山田美妙，學長有川上眉山、尾崎紅葉、石橋思案等人。 ■五月，寄給子規的信中，首次附了一首俳句。於子規《七草集》的評論文中，首次使用筆名—「漱石」。 ■八月，與同學至房總旅行，並於九月時，執筆以漢詩記錄此行的遊記，寫成《木屑錄》一書，邀請松山的子規寫書評。
1890	23	■七月，自第一高等中學本科第一部畢業。 ■九月，進入帝國大學文科大學（現東京大學文學部）就讀英文系，獲教育部助學貸款。
1891	24	■夏天，與中村是公、山川信次郎一起攀登富士山。 ■七月，獲選為獎學生。從這一年起，認真於寫作俳句。他所敬愛的嫂嫂（和三郎之妻）去世。 ■十二月，受J.M.狄克生教授之託，將《方丈記》（鎌倉時代的隨筆文學）譯成英文。
1892	25	■四月，為了躲避徵兵而分家，將戶籍遷至北海道後志國岩內郡吹上町十七番地。 ■五月六日，成為東京專校（現早稻田大學）的講師。

- 六月，撰寫《老子的哲學》（東洋哲學之論文）。
- 七、八月間，與子規同遊京都、堺、岡山，而在岡山時遭遇大水災，之後造訪子規的故鄉—松山，並結識高濱虛子。
- 十月，於《哲學雜誌》發表評論《關於文壇平等主義的代表—華特．懷德曼（Walt Whitman）之詩作》。
- 十二月，撰寫《中學改良策略》。

1893 26

- 三月至六月，於《哲學雜誌》上連載《英國詩人對天地山川的觀念》。
- 七月，自帝國大學英文系畢業。繼而進入研究所就讀。同月，和菊池謙二郎、米山保三郎共同至日光地區旅遊。
- 十月，在帝大文學院長外山正一推薦下，進入東京高等師範當英文教師，年薪四百五十圓。

1894 27

- 春天，因疑罹患肺病，專心療養身體。
- 八月，至松島旅行，訪瑞嚴寺。
- 十月，遷居至小石川表町七三法藏院。
- 十二月，至鎌倉圓覺寺釋宗演門下參禪。於此年開始為神經衰弱所苦，有厭世主義的傾向。

1895 28

- 四月，辭掉高等師範教職，遠赴愛媛縣松山中學任教。輾轉搬了一、兩次家後，遷居至二番町上野老夫婦家。
- 十二月，返回東京。與當時擔任貴族院書記官長的中根重一之長女鏡子相親。從此時開始專事俳句創作，逐漸在俳句文壇嶄露頭角。

1896 29

- 四月，辭掉松山中學的教職，轉赴九州熊本任第五高等學校講師。後於室內光琳寺町賃屋而居。
- 六月與中根鏡子結婚。
- 七月，升任教授。
- 十月，於五高校友會誌《龍南會雜誌》上發表《人生》一文。

1897 30

- 三月，於《江湖文學》發表《項狄傳》，以介紹英文小說《項狄傳》。
- 六月，生父直克去世（八十一歲）。
- 七月，和鏡子一同返回東京。鏡子於虎門貴族院書記官長官宿舍停留期間流產，為療養之由，短暫停留

		鎌倉。這期間曾經多次去探望病中的子規。 ■九月，獨自返回熊本，遷居至大江村四〇一。 ■十月，鏡子回到熊本。
1898	31	■開始創作漢詩。 ■四月起，妻子的歇斯底里趨於嚴重，更一度企圖投水自盡。 ■十一月，於《杜鵑》發表《不言之書》。學生寺田寅彥經常來訪。妻子苦於嚴重的孕吐，而漱石本身則惱於神經衰弱的毛病。
1899	32	■一月，赴宇佐八幡、耶馬溪、豐後日田地區旅行。 ■四月，於《杜鵑》上發表《英國文人與新聞雜誌》一文。 ■五月，長女筆子誕生。 ■八月，於《杜鵑》發表《評小說《李爾王》》一文。 ■九月上旬，與山川信次郎攀登阿蘇山。
1900	33	■三月，遷居至市內的北千反畑町。 ■六月，奉命留職前往英國留學，進行為期兩年的英語研究工作。 ■七月，為了準備留學而離開熊本，返回東京。 ■九月，搭乘德國輪船普羅伊森號出航。同行的留學生有芳賀矢一、藤代禎輔等人。 ■十月，於巴黎停留一週，參觀當地所舉行的萬國博覽會。月底抵達倫敦，借住在S.E.伯瑞特夫人的家。
1901	34	■一月，次女恆子誕生。 ■四月，和房東一同遷居至圖庭（Tooting）。結識長尾半平。 ■五月，池田菊苗自柏林前來探訪，受其影響開始構思《文學論》的著作。 ■五月、六月，於《杜鵑》雜誌發表《倫敦消息》。
1902	35	■三月，執筆撰寫《文學論》。與老友中村是公會面。 ■九月，子規在根岸的自宅過世（三十四歲）。此時漱石神經衰弱症狀加重。 ■十月赴蘇格蘭旅遊。同時日本國內謠傳他發瘋的消息。

■十二月，自倫敦返國。

1903　36

■一月，抵達神戶港，返回東京。
■三月，遷居至本鄉千駄木町五十七番地。
■四月，就任第一高等學校教授，並兼任東京帝國大學文科的大學講師，講授「文學形式論」和「沙伊拉斯・瑪那」。
■六月，於《杜鵑》發表《單車日記》。神經衰弱症愈趨嚴重，與妻子分居約兩個月。
■九月，開始在東京大學講授「文學論」，此課程維持了大約兩年。另外也教授「莎士比亞」文學。
■十月，開始學習水彩畫。
■十一月，三女榮子誕生，神經衰弱再度復發。

1904　37

■一月，在《帝國文學》發表《關於馬克白的幽靈》一文。
■二月，於《英國文學會叢誌》發表譯作《索魯瑪之歌》。
■九月，任明治大學講師。
■十二月，在高濱虛子建議下，於子規門下的文章會「山會」發表《我是貓》一作。

1905　38

■一月，於《杜鵑》發表《我是貓》第一部，深受好評。在《帝國文學》發表《倫敦塔》；在《學鐙》雜誌上發表《卡萊爾博物館》。
■二月，於《杜鵑》發表《我是貓》第二部。
■四月，於《杜鵑》發表《我是貓》第三部及《幻影之盾》。
■五月，於《七人》之雜誌上發表《琴之幻音》；於《新潮》上發表談話筆記《批評家的立場》。
■六月，於《杜鵑》發表《我是貓》第四部。結束「英國文學概說」課堂
■七月，於《杜鵑》發表《我是貓》第五部。結束「文學論」課堂。
■九月，在東京大學開了一門「十八世紀英國文學」的課。在《中央公論》發表《一夜》。
■十月，由大倉書店出版《我是貓》上集。
■十一月，於《中央公論》上發表《薤露行》一文。
■十二月，四女愛子誕生。寺田寅彥、鈴木三重吉、野上豐一郎、小宮豐隆等人，開始在漱石住處出入。

1906　39

▪ 一月，於《帝國文學》發表《興趣的遺傳》；於《杜鵑》發表《我是貓》第七、八部。
▪ 三月，於《杜鵑》發表《我是貓》第九部。
▪ 四月，於《杜鵑》發表《我是貓》第十部，以及《少爺》。
▪ 五月，出版《漾虛集》。
▪ 八月，於《杜鵑》發表《我是貓》第十一部。
▪ 九月，於《新小說》發表《草枕》。岳父中根重一去世。
▪ 十月，於《中央公論》發表《二百一十日》。
▪ 十一月，出版《我是貓》中集。
▪ 十二月，遷居至本鄉西片町十番地。

1907　40

▪ 一月，出版《鶉籠》，並在《杜鵑》發表《野分》。
▪ 四月，辭去所有教職，進入朝日新聞社。
▪ 五月三日，於朝日新聞發表《入社之辭》。同月，由大倉書店出版《文學論》及《我是貓》下集。
▪ 六月，長子純一誕生。六月二十三日起至十月二十九日止，在朝日新聞連載《虞美人草》。
▪ 九月移居早稻田南町第七番地，為胃病所苦。
▪ 十月，於讀賣新聞上發表《寫生文》。約從此年開始，將和文友見面的日子定在每週四，因而稱之為「木曜會」。

1908　41

▪ 自一月一日至四月六日，在朝日新聞上連載《礦工》，並出版《虞美人草》。
▪ 四月，於《杜鵑》發表《創作家之態度》。
▪ 六月，在大阪朝日新聞上發表《文鳥》。
▪ 七月二十五日至八月五日，於朝日新聞上連載《夢十夜》。
▪ 自九月一日至十二月二十九日，於朝日新聞連載《三四郎》，並由春陽堂出版《草枕》。
▪ 十月，於《早稻田文學》發表了談話筆記《文學雜誌》。
▪ 十一月，於《國民新聞》發表《答田山花袋君》。
▪ 十二月，次男伸六誕生。

1909　42

▪ 一月，於朝日新聞上發表《元旦》；分別於大阪朝日新聞和東京朝日新聞連載《永日小品》散文二十四篇。

■三月，由春陽堂出版《文學評論》。
■五月，由春陽堂出版《三四郎》。
■六月至十月於朝日新聞上連載《之後》。
■九月，應滿州鐵路總裁中村是公的招待至滿州各地旅行。
■十月，返回東京；十月至十二月，在朝日新聞連載《滿韓風光》。
■十一月，朝日新聞設「文藝欄」，由漱石主持。

1910 43

■二月，於朝日新聞發表《客觀描寫與印象描寫》一文。
■三月，五女雛子誕生。自三月至六月，於朝日新聞連載小說《門》。
■五月，由春陽堂出版作品集《四篇》。
■六月，因胃潰瘍住院，七月底出院。
■八月六日，至修善寺溫泉菊屋旅館療養。同月的二十四日晚上，大量吐血，病情一時惡化，陷入昏迷狀態。
■十月十一日返回東京，住進長與胃腸醫院。同月二十九日至隔年二月二十日，於朝日新聞連載《回憶錄》。

1911 44

■一月，出版《門》。
■二月，獲頒文學博士學位，但是他堅辭；二十四日於東京朝日新聞發表《博士問題》談話筆記；二月出院。
■五月，於朝日新聞發表《文藝委員的任務》。
■六月，於朝日新聞發表《坪內博士與哈姆雷特》。
■七月，《我是貓》的縮刷版出版。
■八月，在大阪因胃潰瘍復發而住進湯川胃腸醫院。
■九月出院返回東京。
■十月，因朝日新聞文藝欄被廢除，而提出辭呈。後因報社挽留而撤回辭呈。
■十一月，出版《朝日演講集》。同月，五女雛子去世。

1912 45

■自一月一日至四月二十九日，於朝日新聞上連載《彼岸過迄》。
■三月，發表《三山居士》。
■六月，寫下《我與鋼筆》一文。
■七月，明治天皇駕崩，更改年號。受中村是公邀請，至鹽原、日光、輕井澤、上林溫泉、赤倉等地旅行。

- 九月，出版《彼岸過迄》。在神田佐藤醫院接受痔瘡手術。此時開始畫水彩畫並鍾情於書法。
- 十二月，於朝日新聞連載《行人》。

1913　46

- 自一月起連續數月，受神經衰弱之舊疾折磨，相當痛苦。
- 二月，出版《社會與個人》一書。
- 三月，因胃潰瘍而纏綿病榻。
- 四月，中斷《行人》的連載。
- 九月，《行人》之續稿再度連載，十一月連載完畢，完稿後因醉心水彩畫，與畫家津田青楓往來頻繁。

1914　47

- 一月七日至十二日，於朝日新聞連載《門外漢與專家》之評論文；《行人》一書由大倉書店出版。
- 四月二十日至八月十一日，在朝日新聞上連載《心》一文，並於十月，由岩波書店出版。
- 九月，因胃潰瘍第四度復發，在病榻休養了約一個月。

1915　48

- 一月十三日至二月二十三日，於朝日新聞上連載《玻璃門內》。此時，醉心於良寬的書法。
- 三月，於《輔仁會雜誌》上發表《我的個人主義》.,岩波書店出版《玻璃門內》。遊京都時，因舊疾復發再度臥床。
- 四月，返回東京。
- 六月三日至九月十日，於朝日新聞連載《道草》，十月由岩波書店出版。
- 十一月，與中村是公至湯和原旅行。經由林原耕三引薦，久米正雄、芥川龍之介等人入漱石門下。

1916　49

- 自一月一日至二十一日，於朝日新聞連載《點頭錄》。十八日至湯河原療養，約停留至二月。
- 四月經真鍋嘉一郎診斷，得知罹患糖尿病，而接受了為期三個月的治療。
- 五月二十六日至十二月十四日，於朝日新聞上連載《明暗》。
- 十一月二十二日，胃潰瘍復發再次臥床，病情急遽惡化，二十八日大量內出血。十二月二日第二次大量內出血後，於九日晚上六時四十五分永眠。翌日於醫科大學病理學教室，由長與又郎執刀進行解剖。十二日於青山齋場舉行葬儀，戒名為文獻院古道漱石居士。二十八日葬於雜司谷墓地。

1917

- 一月，由岩波書店出版《明暗》一書。
- 十一月，由岩波書店出版《夏目漱石俳句集》。

日本經典文學：夏目漱石短篇小說集 / 夏目漱石著；
周若珍譯 . -- 初版 . -- 臺北市：笛藤，2018.10
面；　公分
ISBN 978-957-710-737-4(平裝)

861.57　　　　107016066

夏目漱石
短篇
小說集

2020 年 10 月 15 日　初版 2 刷　定價 280 元

著者	夏目漱石
總編輯	賴巧淩
編輯	葉雯婷
封面 / 內頁設計	王舒玗
譯者	周若珍
編輯企劃	笛藤出版
發行所	八方出版股份有限公司
發行人	林建仲
地址	台北市中山區長安東路二段 171 號 3 樓 3 室
電話	(02)2777-3682
傳真	(02)2777-3672
製版廠	造極彩色印刷製版股份有限公司
地址	新北市中和區中山路二段 380 巷 7 號 1 樓
電話	(02)2240-0333 · (02)2248-3904
總經銷	聯合發行股份有限公司
地址	新北市新店區寶橋路 235 巷 6 弄 6 號 2 樓
電話	(02)2917-8022 · (02)2917-8042
劃撥帳戶	八方出版股份有限公司
劃撥帳號	19809050
ISBN	978-957-710-737-4

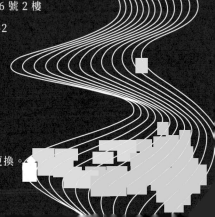